大
方
sight

故事只讲了一半

万玛才旦 著

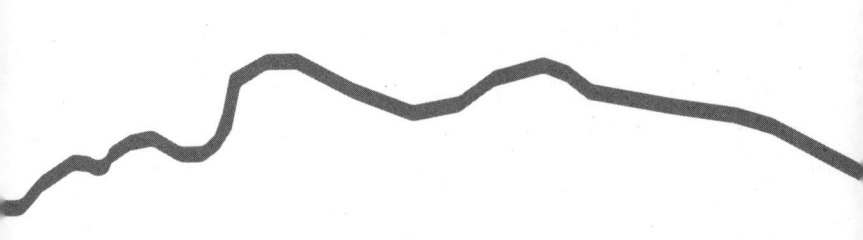

中信出版集团 | 北京

图书在版编目（CIP）数据

故事只讲了一半/万玛才旦著.--北京：中信出版社，2022.3（2024.3重印）
ISBN 978-7-5217-3677-9

Ⅰ.①故… Ⅱ.①万… Ⅲ.①短篇小说-小说集-中国-当代 Ⅳ.①I247.7

中国版本图书馆CIP数据核字（2021）第213883号

浙江文化艺术发展基金资助项目

故事只讲了一半

著　者：万玛才旦
出版发行：中信出版集团股份有限公司
　　　　　（北京市朝阳区东三环北路27号嘉铭中心　邮编　100020）
承　印　者：浙江新华数码印务有限公司

开　本：880mm×1230mm　1/32　　印　张：8　　字　数：132千字
版　次：2022年3月第1版　　印　次：2024年3月第3次印刷

书　号：ISBN 978-7-5217-3677-9
定　价：59.00元

版权所有·侵权必究
如有印刷、装订问题，本公司负责调换。
服务热线：400-600-8099
投稿邮箱：author@citicpub.com

代序：在小说中呈现的万玛才旦

陈丹青

电影是否非得讲故事？这是可争议的话题。导演是否该写小说？不必争议：导演就是导演，多少编剧和小说家等着导演找他们呢。

嗜好文学而终于去拍电影的个例，却是有的，眼前的万玛才旦，又是小说家，又是好导演。在他手里，文学如何走向电影，电影如何脱胎于文学，可以是个话题。

我喜欢万玛的每部电影，好久好久没看过这么质朴的作品，内地电影好像早就忘了质朴的美学。什么是质朴呢？譬如阿巴斯。谁会说阿巴斯的作品不好吗？可是谁能拍出他那种无可言说的质朴感？

而"质朴"在万玛那里是天然的，虽然他的每部电影故事各异。

是因为藏族人才有的那种质朴吗？没有简单的答案。宗教，绝对是渊源之一，然而万玛的影像故事处处是我们时代的日常生活。当然，他十分懂得影片能够给出、应该给出的悬念、惊奇、无数细节，就像内地一流导演做到的那样，但他的每部电影都被他天然赋予了质朴的美学。

藏语,是万玛的母语,他实现了语言跨越,用汉语写小说。在万玛的汉语小说里,质朴呈现为"本色的写作"。这不是对他行文的贬抑,而是,小说自身的魅力、说服力、生命力,亦即,说故事的能量,尤其是想象力,生动活泼地被他有限的词语建构起来。

万玛早期的若干小说,我读过,有位"站着打瞌睡"的女孩,难以忘怀,这就是小说家的天分。换句话说,什么能进入小说,成为小说,万玛异常敏锐。他的写作还活跃着另一种想象力,指向藏地的神话与民间故事传统,讲说奇幻故事,而其中的人物似乎个个活在今天的藏地。

我不知道这是出于想象力,还是写作的野心。

眼前这批万玛的新小说,展示了进一步的雄心,而且更自信了。他的篇幅比早先加长,扩大了故事的跨度,人物、情节,主题,更显复杂,不再框限于乡村素材,小说人物开始进入城市,进入摄制组,进入咖啡馆,进入诗人的日记……原先的乡村主题也增添了叙事的幅度,故事更抓人,情节更离奇——当然,他再次尝试了类乎于神话和寓言。

但我读着万玛的小说,很难忘记他的电影。在他手里,电影与小说是两件平行的、愉悦的事,还是未必交叉,却又彼此启发?

书写早期小说的万玛,并不知道还要过二十年才会去拍电影,那时,他的夙愿是当个作家——相对于内地梦想当导演的小子，一个藏区青年的电影梦，不知要艰难多少倍——他聪明而勤奋，同时用藏汉语写小说，并彼此翻译，二十多岁就出版了小说集。他不知道，这些小说悄悄孕育着他的电影。

有趣的是，当新世纪初，万玛进入北京电影学院，开始拍处女作，他还认真写了剧本，并未意识到先前的某些小说可以"变成"电影。而觉醒的电影意识告诉他，必须添加影像语言。《塔洛》《撞死一只羊》全部采用了他的小说，并在电影中丰满了故事的羽翼。

现在，当万玛推出这批新小说时，他已是个获得肯定的导演，经验丰富，深知构成一部电影的所有秘密，但他仍然热衷于写小说。

问题来了：理论上，从此他的每篇小说——文字的编织物——有可能成为电影剧本。我无法知道当万玛继续写小说，他内心是否会掂量：这篇小说能不能变成电影？而我，他的读者，因此被万玛感染了一种微妙的意识：他使我在他的小说中，想象电影。

最近他写了些什么呢？

譬如《水果硬糖》里那位神奇的母亲。她的头胎日后成长为理科优等生，十多年后，第二个孩子被发现是位活佛。可能吗？为什么不可能！我愿相信这两兄弟跨越了藏地的过去和今日，这伟大的生育如草根般真实，我也愿意将这篇小说看作万玛的又一个寓言：藏地，就是那位母亲。

《故事只讲了一半》回应了万玛的早期电影《寻

找智美更登》。那是找寻传奇的故事，换句话说，在万玛的主题中，他的故乡一再被拉回高原的记忆，而在这篇故事中，讲述者的亡故，将记忆带走了。

《切忠和她的儿子罗丹》，再一次，万玛采用了叙述中的叙述。那是他格外擅长的本事——他的两部电影嵌入了故事中的故事。《寻找智美更登》的中年人在车里一路讲述恋爱往事，不知道他身后坐着失恋的姑娘，跟车去找恋人讨个说法；《气球》中那条次要的线索，动人极了：因失恋出家的姑娘意外碰到前男友，发现他俩的爱与分手，已被男友写成小说。这位尼姑多么想读到那小说，然而被她的姐姐，女主角，一把扔进炉膛烧了。

《特邀演员》的焦点，是那位老牧民与少妻的关系，第一次，万玛的小说出现了电影摄制组。那是二十世纪的新事物，与故事中以古老方式结合的草原夫妻，遭遇了另一种关系。万玛似乎从未忘记在他的视野中双向地触及"过去"与"今天"。

少年同学的斗殴、寻仇、扯平、和解，在《一只金耳朵》里获得生动泼辣的描写，直到出现那只硅胶假耳，那只金制的耳朵。斯文寡言的万玛令我看到他的另一面：他从暴力的景观中看到喜剧感，而他对暴力的观察与描写，在我看来，多么纯真。

《你的生活里有没有背景音乐》逸出了万玛惯常描写的空间，进入咖啡馆，出现两个人兴味盎然的漫长对话。我不知道现代短篇小说的思维是否影响了万玛，而"背景音乐"这一话题，似乎又来自电影思维。"咖啡馆"生活让我看到一个现代的藏区文化——多么不同于四十多年前我去到的那个西藏啊——而这种现代性的一部分，我有理由觉得是万玛用他的小说与电影带来的。

万玛套用民间故事结构创作的《尸说新语：枪》，可能是最令我信服的一篇。阴阳转世、鬼魅托尸、人兽变异、起死回生……原是各国各地区民间传说的"老生常谈"，而在西藏"故事"竟被假托于"尸"，也算一绝——我相信，万玛是个酷爱倾听故事的男孩，他甚至将西藏的民间传说译成汉语，出版了《西藏：说不完的故事》，在这些古老的故事素材中，万玛重构并发掘了新的可能。

在这篇小说中，他抓住了"故事"这一观念："讲述"与"聆听"的双方都愿付出生死代价，换取"故事"。而成为导演后的万玛不肯止步于老调，他擅自在故事里塞了一把枪！枪，可说是电影不可或缺的元素，经万玛这一转换，人们百年之后读到这个故事，将会知道在我们的世纪，人对付鬼魅时，手里多了一件武器。

《诗人之死》似乎能够成为电影的脚本——很难说这是个悲剧故事，但在万玛的小说和电影中，爱情总是纠结的、反复的、忽而闪现希望，终究归于失败。"坟地"，是诗句，也是诗人的结局，又成为小说的意象。我想知道：是什么使万玛这样看待爱情与婚姻？

《猜猜我在想什么》可能是我格外偏爱的一篇。那像是一组电影镜头，然而主角"我"的一连串内心活动，完全属于"小说"。当"洛总"大叫"这些人当中随便杀一个就行"——小说到此刹住——万玛却给出了电影画面般的震撼（我会想象镜头掠过所有惊恐的脸），然而，却不很像电影的结尾。

　　我从未试着谈论小说，不确定以上解读是否切当、有趣。能确定的是，万玛以他难以捉摸而充满人文意识的才华，令人对今日藏地的文艺活力，刮目相看。他一部接一部地拍电影，一篇接一篇地写小说，带动了一群藏地文艺才俊。在内地的电影与文学景观中，藏地创作者的介入，已是清新的潜流，这股潜流，我以为始于万玛才旦，而且，始于他泉水般涌动的小说。

2022 年 2 月 5 日

"很多时候，我分不清什么是真实，什么是虚构，它们的界限在哪里。我分不清。"

目录

代序：在小说中呈现的万玛才旦　　　i

故事只讲了一半　　　1

特邀演员　　　25

水果硬糖　　　57

一只金耳朵　　　99

尸说新语：枪　　　121

切忠和她的儿子罗丹　　　145

诗人之死　　　165

忧伤的奶水　　　193

你的生活里有没有背景音乐　　　205

猜猜我在想什么　　　225

故事只讲了一半

那天是星期四，我记得很清楚。

那天早晨一醒来，我从窗户里看见外面灰蒙蒙一片，心想可能天才刚刚亮，想蒙头再睡一会儿。没想到过了两分钟，闹钟"叮铃叮铃"响个不停，我就只好起来了。我八点要准时到单位打卡，闹钟定的是七点。我漱洗完，简单吃了早餐。早餐是一杯牛奶，两个鸡蛋，三块黑面包。很长时间我的早餐都是这样，一直都没有变。之后，我就去上班了。

走在去单位的路上时，我才知道今天是沙尘暴天气。路上行人很少，几乎没人。我心想，是不是因为这样的天气大家还在睡觉呢？平常这时候，大家都是行色匆匆的样子，你能明显感受到这个城市人们生活的节奏。天空和大地的颜色连成一片，像一幅发黄的老照片，让人心情郁闷。我们这个地方沙尘暴很严重，尤其到了春天，风一刮起来，沙尘暴就来了，一般要持续一个月左右。晚上下班回来后，嘴巴鼻子耳朵里全是细沙子，有些搞研究的人说，我们这里每个成年人的胃里至少有半两沙子。

上中学那会儿，每年这个季节我都要去北面的山上植树造林一个星期。那时候，那面山上光秃秃一片，全是沙子。有一次，我还在沙地里看见了一具尸体。男同学和女同学们都围上去看，那具尸体像是被烧焦了一样。后来，一个化学老师说那是医学院的学生们上解剖课用的尸体，用福尔马林泡久了就是这个颜色。很多年过去了，现在到了春天，沙地里就能看到一点绿意了，人走在路上也心情愉快。

走到单位附近，我看了看时间，差五分八点。我八点必须准时赶到单位，不然就算迟到了。我不由得加快了脚步。

我八点准时赶到了单位，熟练地打卡，那个奇怪的机器发出了"吱吱""吱吱"的刺耳声音，像是老鼠在叫。门卫看着我诡异地笑了笑说："你差点就没赶上。"我看了看时间，八点过了一分。

进去时，我出乎意料地发现单位里所有人都已经到了，都在认真办公。就连平时老迟到的酒鬼扎西也到了，很清醒很认真的样子。我觉得有点奇怪。

我径直向主任的办公室走去。像平常一样，主任在侍弄着他那些奇奇怪怪的花草。

看到我进来，他一边拿洒水壶洒水，一边问我："这么早有什么工作要汇报吗？"

我看着他说："主任，我想请个假。"

他停止洒水，问我："什么时候？"

我说："今天和明天。"

他继续问："什么事？"

我说："后天大后天不是周六周日吗，我想周四周五请假，这样就有时间去纳隆村找扎巴老人把之前没有采录的最后一个故事给采录了。"

他看着我。

我就继续说："之前我不是去纳隆村找过扎巴老人吗？"

他想了想，点了点头。

我继续说："那次他故意留了一个故事没有讲，说下一次你来咱们再讲。"

他还是看着我，一副询问的眼神。

我说："所以我想这次去找扎巴老人把最后一个故事给录了，整理出来，争取年底把《扎巴老人讲故事》这本书给出了。"

他又点了点头，看着我。

我不知道该说什么，就随口说："听说扎巴老人生病了，我也想去看看他。"

他突然说："哦，我明白了。"

我这才说："就是为这个事。"

他问："从这里到纳隆村有多远？"

我说："班车需要走三个多小时。"

他问："那你为什么需要四天？"

我说："我其实是想多待两天，陪陪老人，我跟老人认识好多年了。"

他看了看日历说："今天不能请假，明天一早你可以去，这样来回有三天时间，也差不多吧？"

我坚持说："最好有四天时间。"

他说："这次不行，就三天。今天上午九点多上面领导要来视察工作，单位里所有人不能离开。"

之后，他又想到什么似的问："昨天没有人通知你吗？"

我说："没有。"

他说:"噢,那可能是忘了通知你了。"

我说:"我不在不行吗?我可以向单位写个说明。"

他说:"不行,今天还要清点单位的人数。你没看到大家早早就到了吗?"

我心想:"哦,原来是这样。"

他继续说:"你也准备一下你编的那本年底要出的书的基本材料,到时候可能作为重点选题做重点汇报。"

我只好点了点头,出来了。

我看到大家各自在忙个不停,连酒鬼扎西也在认真工作了。

忘了交待了,我们单位是个民间文学搜集整理机构,工作以抢救整理出版一些将要消失的民间文学作品为主,每年要出几本书。

我没有什么需要准备的,就坐下来等。看大家都在忙,我就给自己泡了一杯红茶,慢慢地喝。

快十一点时,上面的人来了。他们来了三个人,两男一女,女的很年轻,像是刚分配来的大学生。他们去了主任的办公室,过了半小时就和主任一起出来了。主任向他们介绍了几句,他们也象征性地跟我们聊了聊,然后就走了。

主任送他们出去。等他回来后,我问他:"这就结束了?"

主任看着我,明白了我的意思,摊了摊手说:

"我也没想到他们这么快就结束了,现在你要去的话可以去了。"

我摇了摇头说:"现在也赶不上班车了。"

他说:"算了,你就明天去吧。"

晚上,我把闹钟定到了八点,比平时晚了一个小时。去纳隆村的班车九点发车,我想睡个懒觉。

第二天,闹钟"叮铃铃""叮铃铃"地响起来,我没怎么犹豫就从被窝里乖乖地爬起来了。我的早餐还是一样:一杯牛奶,两个鸡蛋,三块黑面包。吃完早餐,我就去了长途汽车站。

班车九点准时开出,开往纳隆村。班车里人不多,只坐了大概三分之一满。班车开动之后,我注意到车里的人几乎都在睡觉,就像是被什么人催眠了一样。班车开出城区之后,我看到班车司机偶尔也在打盹,为此我吓了一大跳。我小心翼翼地挪到司机旁边的座位上,给他递烟,跟他瞎聊起来。他好像对我有点反感,一副爱搭不理的样子。

中途上来了几个人,司机没有助手,我就帮他收了车费。我把钱交给他之后,他突然问我:"你要去哪里?"

我笑着说:"我要去纳隆村。"

他继续问我:"你不是那里的人吧?看上去不像。"

我说:"呵呵,我不是那里的人,我是去那里见一个人。"

他只是应付着说了一声"哦哦",就没再往下问。

我也就没再说什么。

他又看了看我,说:"前面我是不是在打盹啊?"

我说:"嗯,是,都吓死我了。"

他却轻描淡写地说:"没事,每天起来太早,很困。这条路走了太多次,闭着眼睛也能开,你就放心吧,没事的,哈哈哈。"

我仔细看了看他,心里更加害怕了。我看了看车里的乘客,他们还是像被谁催眠了似的,睡得死死的,有些人还打着很响的呼噜。

司机从后视镜里看着他们说:"这些人一上车就睡,打呼噜,也挺影响我开车的。"

说完,他故意摁了几下喇叭。喇叭的声音很刺耳,但车里的那些人还是睡得很死。

但奇怪的是,到了某个站,需要下车的人就自动醒来,打着哈欠,摇摇晃晃地下车了。

过了三个多小时,班车终于爬到了纳隆村对面那座山的垭口。纳隆是"耳环"的意思,班车冲出那个垭口缓缓地往下行驶时,村庄的全貌就出现在了我的眼前。远远看上去,村庄确实像一个椭圆形的精致的铜耳环,连颜色也有点像。乡政府设在纳隆村,乡政府的楼和附近的那些建筑显得有点杂乱。

到了纳隆村的那个站,我正要下车,我后面一直在打呼噜的一个家伙突然醒来,说了声"到了",就从我身边挤过去,从行李架上取下来好几个大大小小的包裹,连拖带拽地下车了。

司机从后面大声喊:"哎,你不要走!你这么多的东西要多买一个人的票!"

那个人不理司机,继续往前走。

司机压低声音说:"真是个狗东西!"

那个人听到了这句话,一下子扔下手里的东西,冲上班车撕住了司机的领口。司机看了看车里的人,车里的人都在睡觉。他又向我发出求救的目光。我就赶紧跑过去把那个人拉开,把他推下了车。司机"咣"一声把车门给关上,加大油门往前开去。

我有点急了,大声喊:"停车,停车!我也要在这里下车!"

司机也不看我,嘴里在乱喊:"不要着急,不要着急,往前一点再让你下!"

班车开出一段距离之后,他突然一个急刹车,停下车,嘴里喊:"快下车!快下车!不然又要被那个人追上了!"

我迅速地下了车。脚刚挨到地面,班车就一溜烟开走了。

这时,刚刚下车的那个人也追上来了。他一上来,就撕住我的领口问我:"你是不是跟司机一伙的?"

我赶紧说:"你想到哪里去了,我也是要在这里下车啊!"

他还是撕住我的领口问:"我怎么不认识你?"

我说:"我不是这个村子的,我是来找扎巴老人的。"

他这才松开手说:"哦,原来是这样,听说扎巴病得有点严重啊。"

我说:"我知道,我就是顺便来看看他的。"

他笑了,说:"刚才我只是吓唬一下那个司机的,他老是在路上乱收费,不吓唬他一下不行,你让我真打他我也不敢,哈哈哈。"

之后,两个小孩跑过来向他"阿爸""阿爸"地喊。他一下子像是变了一个人,从口袋里拿出两个儿童玩具给了两个小孩。两个小孩看着手里的玩具高兴得跟什么似的。

他似乎已经完全忘记我了,带着他的那些东西和两个孩子沿着一条小路往前走了。

我知道自己该往哪个方向走,我之前来过很多次。但我还是拿出手机,翻出扎巴老人的女儿旺姆的电话号码拨了过去。很快,她就接了电话:"喂,你找谁?"

我说:"我是扎西。"

她说:"哦,扎西啊,你怎么来了?"

我直接问:"扎巴老人还好吗?"

她说:"我阿爸他挺好的,你来了正好可以跟他聊聊天,他老是说起你。"

我说:"那太好了,我很快就到。"

我在路边的小卖部里买了一些东西,就去扎巴老人家了。

扎巴老人见到我就说:"扎西,你来了,真是太好了!"

我有点意外,扎巴老人的精神很好,完全不像一个病了很久的人。我注意到他身上挂着插管。我知道一些病人体内有积水,要靠插管把体内的积水排掉。他好像不太愿意让我看见他身上的插管。我也就装作没看见,没说什么。

我把小卖部里买的那些营养品拿出来给了扎巴老人。扎巴老人瞪着我说:"好,好,我还以为你忘了我呢。"

我赶紧说:"不会的,不会的,怎么会呢。"

扎巴老人呵呵笑着。

我接着说:"你看上去气色不错。"

扎巴老人说:"我这个病就这样,反反复复的,我也习惯了。"

之后,扎巴老人喊旺姆给我俩倒茶。

旺姆给我俩倒了茶,扎巴老人喝了一口,又问我:"你整理的那本书现在怎么样了?"

我笑着说:"就差你的最后一个故事了,要是你上次不卖关子,全部讲完,我这会儿肯定也编完了,也许现在已经送到印刷厂了呢。"

扎巴老人哈哈笑着说:"不是卖关子,我就是想跟你多聊聊天。我把故事全讲完了,你就不来看我了。"

我说："不会不会，我不是那样的人。这次一方面是来录你的故事，一方面也是来看望你的，没想到你的状态还不错。"

扎巴老人笑着说："托佛菩萨的福，没有轻易就死掉，但这样赖活着，把我女儿旺姆给害苦了——要是没有我这样一个累赘拖累着，她可能早就嫁出去了。"

旺姆在旁边笑着说："阿爸，你在瞎说什么呀！"

扎巴老人说："旺姆真是个好女儿！"

我也看了看旺姆，她有点羞涩地低下了头。旺姆是个美人儿，微微一笑会让人浮想联翩。

扎巴老人看着我们的样子也笑了。

扎巴老人看着我问："你那个黑匣子带了吗？咱们什么时候开始录啊？"

我赶紧找出录音机给他看。他随便看了一眼就说："你这个东西真是个好东西，录出来的声音跟说出来的一模一样。"

这时，旺姆说："都快一点钟了，你们还是吃了午饭再录吧。"

扎巴老人很听话地说："好，好，就按旺姆说的，吃完午饭再录。"

旺姆说："你俩先随便聊着，我去准备午饭。"

旺姆走后，扎巴老人问我："怎么样，你现在还是一个人过吗？"

我不好意思地说："还没有找到合适的。"

扎巴老人想了想说："你觉得旺姆怎么样？"

我有点意外地看着他,他这是第一次跟我说这样的话。

他继续说:"我看你俩还挺合适的,就不知道你们这些年轻人心里想啥啊。"

我说:"嗯,我,我从来没有往这个方面想过啊。"

扎巴老人想了想说:"是,我明白,你是吃公家饭的,也要找一个吃公家饭的才合适,我只是随便说说而已。"

我正不知道要说什么,旺姆端着茶、碗和馍馍过来了。

我显得有点不自然,旺姆看着我说:"来来,扎西,吃午饭了。"

我们就开始吃午饭。刚开始吃,扎巴老人突然对旺姆说:"家里还有酥油吗?我突然很想吃酥油。"

旺姆说:"有,我去拿。"

扎巴老人说:"拿一块大的。"

旺姆把一大块酥油放在一个盘子里拿回来了。她先拿一大块酥油往我的碗里放,我挡住她,只放了小小的一块。

之后,旺姆问扎巴老人放多少,扎巴老人看着旺姆手里那一大块酥油说:"全放进去。"

旺姆立即说:"太多了,你不能吃那么多油的东西,医生嘱咐过的。"

扎巴老人坚持说:"吃一两回没事。也不知道怎么回事,今天就是特别想吃酥油。"

我也劝扎巴老人，帮旺姆说话："你要听医生的话，不能吃那么多油腻的东西。"

扎巴老人看着我们俩，突然笑了，说："哈哈哈，你们俩像是商量过不让我吃酥油似的，哈哈哈。"

旺姆无可奈何地看着我，我也无可奈何地说："就让他吃一次吧，吃一次没事的。"

旺姆还在犹豫，扎巴老人一把抓过旺姆手里那一大块酥油，放进了自己的碗里。酥油很快就在热茶里化开了，黄黄的，漂浮着。

扎巴老人看着自己的茶碗说："嗯，这是真正的牦牛酥油，看着真不错。"

之后，他又拿馍馍蘸着茶碗里的酥油吃，吃了一口还感叹说："嗯，这酥油真是不错！"

他把碗里的酥油全吃了，说："这牦牛酥油就是不错啊，哈哈哈。"

我和旺姆都有点担心地看着他，但看他吃得很开心，我们就没说什么。

吃完午饭，旺姆说要去地里干活了。

旺姆走了之后，扎巴老人让我把房门关紧，脸上露出一种诡异的表情，说："今天给你讲个很特别的故事，这个故事你之前肯定没有听过。"

我也"呵呵"笑着说："难怪你把这个故事留到了最后。"

扎巴老人也"呵呵"笑了两声，说："就不知道这个故事你整理出来，放到书里，到时候能不能出版?"

我有点好奇,问:"什么故事啊,这么神秘兮兮的?"

扎巴老人说:"是个有点'黄'的故事,哈哈哈。"

我有点意外地看着他,问:"你这个老头子,你还知道这个?你知道'黄'是啥意思吗?"

扎巴老人笑着说:"有啥不知道的,就是那个意思。"

我问:"谁告诉你这个的。"

扎巴老人说:"我们这里的一个大学生,呵呵。"

我笑着说:"好了好了,我知道了,开始讲你的'黄色故事'吧。"

扎巴老人的表情一下子严肃起来了,说:"我也只是这样说说而已,其实这个故事绝对不是什么'黄色故事'。只要你理解了这个故事的真正含义,它其实还是个有深刻含义的故事。"

我也挺好奇,就说:"好啊,那我倒真想听听这个故事。"

扎巴老人又笑着说:"哎,扎西,我有个问题想问你一下:那类故事为什么叫'黄色故事'啊?那个大学生说,这类故事在咱们藏族的民间故事里面很多,尤其在口头民间故事里面。我问他,这类故事为什么叫'黄色故事',他说他也不太清楚,就知道这么叫。黄色在咱们佛教里面可是最神圣庄严的颜色,除了高僧大德,一般人都不敢把黄颜色的衣服穿在身上。我想不通，神圣的黄色怎么就跟这么下流的事情联系到一起了？"

我笑着说："这个有一个说法，国外的一个说法，具体我有点记不清了，我回去查查，搞清楚了下次再告诉你啊。说到底，这个就是一个文化差异的问题。"

扎巴老人说："好，好，你搞清楚了一定告诉我啊，不然我心里老是有疑惑。"

我笑着说："先不管这些了，开始讲你的'黄色故事'吧。"

扎巴老人说："你把你那个黑匣子准备好了吗？"

我早就把录音机拿出来了，给他看了看，说："早就准备好了，只要摁一下开关就好了。"

扎巴老人又看了看门口，说："你把门关好了吧？"

我说："关好了，关好了。"

扎巴老人说："不然被旺姆听到咱们在说这种故事就不好了，哈哈哈。"

我笑了笑，摁下录音键，说："你就别啰唆了，赶紧讲你的'黄色故事'吧。"

他的表情变得严肃了。他进入了他以前讲故事的那种状态。那种状态很特别，我有点不知道该怎么描述。跟说唱《格萨尔王传》的那些神授艺人的状态有点相似。他们似乎是进入了一种完全忘我的状态里面了。

很久很久以前，有个长年累月在山洞里修行的瑜伽师，他每年春天都要下山去附近的村庄化缘，然后把自己封在山洞里，一心修行。

那年春天，瑜伽师又去山下化缘。他背着善男信女们给的各种食物经过一个村庄，准备上山。这时，在一片田地旁，他看见一个六十多岁的老汉在往地里撒种子，就好心地问："老人家，今年种啥啊？"

那个老汉是个光棍，平时喜欢恶作剧，有点口无遮拦，就笑着随口说："你一个修行人，问那么多干吗？我今年就种个屌试试，以前从来没种过，看看收成会怎么样，哈哈哈。"

瑜伽师开始愣了一下，但马上镇定地说："那好那好，收成肯定会好的，祝丰收啊，呵呵。"

老汉也有点意外，不由得停下来看瑜伽师，但瑜伽师已经走远了。

过了一个月，地里的庄稼开始长出来了，但长出来的是一些奇形怪状的东西，跟别人家地里长出来的东西不太一样。

说到这儿，扎巴老人停了下来，看见我张大嘴巴听他讲的样子，就问："哈哈哈，这个故事怎么样，你以前没有听过吧？"

我使劲摇了摇头，说："没有，没有，我以前从来没有听过这样的故事。"

扎巴老人又看着我，"呵呵"地笑。

我说："你继续往下讲吧，后面肯定很有趣。"

扎巴老人还是笑着说:"后面当然更有趣啊。"

我也"呵呵"笑了两声,继续听他往下讲。

扎巴老人又往下讲了:

日子一天天过去了,别人家的庄稼长得越来越高,绿油油一片。可是老汉的地里长出了不一样的东西。一开始,大家也不知道是个什么东西,猜来猜去也没猜出到底是个什么东西。有人就摇着头说,也许再长长就知道是个什么东西了。可是老汉却有了一种不祥的预感,隐隐猜出自己的地里长的是什么东西了。他也不往地里施肥,也不往地里浇水,就任凭它们自由地生长。有时候,下了一场雨或者刮了一夜的风之后,老汉会发现地里的东西又长高了一点。这让他忧心忡忡,睡不好觉,吃不好饭,之前瑜伽师说的话和说话时的表情时不时就浮现在眼前。

有一天,一个老寡妇路过他家的田埂,突然惊呆了似的张大了嘴巴,差点"啊"一声喊出来。她一路小跑着到了老汉家里,问:"你这个老家伙,你在你家的地里种了什么?"

老汉也紧张地说:"你这个老婆子,这么疯疯癫癫的干什么?我还能种什么?你家地里种了什么我家地里也种了什么!"

寡妇说:"哈哈哈,你还真是大白天说瞎话!青稞长出来是那样吗?你去看看你家地里长出的是什么?"

老汉盯着寡妇不说话,最后才把之前的事都一五一十地告诉了寡妇。寡妇盯着老汉看了很久才说:"你这个老东西真是越活越糊涂了——能跟一个修行的瑜伽师开那样的玩笑吗?"

老头哭丧着脸说:"我只是跟他开了个玩笑而已,完全没有什么坏心眼。"

寡妇说:"那个瑜伽师在山洞里持咒修行了很多年,他说的话都会应验的。"

老汉捶胸顿足,哀叹不已,嘴里连连喊:"现在怎么办啊,现在怎么办?"

寡妇说:"还能有什么办法?什么办法也没有!只能等最后长好了再说了。"

之后的日子里,老汉家地里的东西长得越来越成熟了,村里的人都认出那是什么东西了。男人们围在一起窃窃私语,放荡地大笑;女人们经过老汉家田地时低着头羞涩得不行,偷偷看一眼又马上转过头去,嘴里发出"妈呀妈呀"的声音,加快脚步低着头从男人们身边经过,走出几步之后又忍不住回头快速地看上一眼。老汉整天躲在家里不出来,像个老鼠一样提心吊胆、坐立不安。

庄稼成熟、大伙儿都忙着在自家的田里收割时,老汉从自己的家里溜出来,站在田边看。烈日当头,老汉心里想,这个场面真是太壮观了,地里这些威武雄壮的阳具要是青稞该多好啊,那就真的是大丰收了!他小心翼翼地看了一眼老寡妇家的方向,见老寡妇家的大门敞开着，就从地里摘了一只，揣在怀里往老寡妇家的方向去了。

老寡妇见他进门就出来迎接他。他把东西递给老寡妇，说："长熟了，长得也差不多了，就特意给你拿来一个。"

老寡妇接过来拿在手上掂了掂，说："长得还挺结实的。"

老汉说："你比我见识广，你就说说我现在该怎么办？"

老寡妇故作沉思地说："说实话，这个事情很难办。这几天我看你藏在家里门也不敢出，就觉得你挺可怜的，专门去找了一个大师问了问，大师说：'这个可不好，瑜伽师说过的话肯定会应验的，要改变事情的面貌已经完全不可能了。'我也吓了一大跳，问：'那就没有什么办法可以补救了吗？'大师说：'有，办法倒是有，就是有点麻烦——'"

说到这儿，扎巴老人突然剧烈地咳嗽起来，咳着咳着脸变成紫红色了。我很着急，也很害怕，完全不知道该怎么办。扎巴老人让我给旺姆打电话。

不一会儿，旺姆回来了。她找了一些药，让扎巴老人吃了，咳嗽才慢慢地缓下来。扎巴老人还是脸色紫红一片，呼哧呼哧地喘着气。

旺姆对我说："今天你就先回去吧，让我阿爸歇一歇，你明天再来。"

我看了看扎巴老人，他浑身上下透着一种虚弱的气息。他从嘴里轻轻地吐出了几个字："扎西，你明天再来吧，我下午休息一下。"

从他嘴里吐出的这句话有点虚无缥缈的感觉，听着像是从另一个世界的某个角落里发出的声音。

我跟他说："你好好休息，我明天上午再来。"

我快转身离开时，他稍微坐起来一点，说："扎西，你明天上午早点来啊，精彩的还在后面呢，哈哈哈。"

他的声音又变得清晰起来，表情也是清晰的，还带着微笑。

我看着他，笑了，他也笑了，说："你这个小伙子真是不错。"

旺姆看着我们俩，一副莫名其妙的样子。

沙尘暴也吹到了这里，到处灰蒙蒙一片，让人心情不好。乡政府里有我的一个大学同学，我给他打电话，他刚好在。我们约好晚上在一家藏餐馆见面。

我们已经好几年没有见面了，刚见面有点尴尬，也不知道彼此的近况，不知道该说点什么。

我没话找话地问他："你跟卓玛这两年怎么样？有孩子了吧？"

他和卓玛都是我们班的同学，大学刚毕业就结婚了。结婚时给我发了请帖，我没有去成。我为他俩送去了美好的祝福。

他有点尴尬，说："我们有两个孩子，但是我们离婚了。女儿在我这里，儿子在她那里。"

我"啊"了一声，不由得仔细看他的脸，说："你们俩那么好，怎么可能离婚？"

他惨淡地笑了笑，说："呵呵，她上个月又跟一个男人结婚了，那个男人我还认识。"

我脖子像是被人掐住了，说不出话来。

他叹了一口气，没说什么。最后，他又调整了一下情绪说："来来，咱们喝酒，喝酒，还是喝酒好！"

晚上，我找了一家旅馆住下。我检查了白天录的素材，没什么问题，就睡下了。半夜，我被什么声音给吵醒了，是街上有人在吵架。互相对骂，骂得都很难听。后来，又打起来了。听声音打得很激烈。后来，从远处传来了警车的声音。之后，警车好像把两个打架的人给带走了。听着外面的动静，就像在听一个广播剧。外面完全安静下来之后，我还在想那两个打架的人被带走之后会怎么样。我突然又想到了白天在路边的电线杆子上看到的一个牌子：警察提醒，不要打架，打输住院，打赢坐牢！后面还跟了一句：打架成本高，下手需谨慎！我突然"呵呵"地傻笑了一声，想着以后无论如何都不能随便打架了，警察都已经设计好了圈套，就等着你往里钻。

我再也睡不着了。整个世界安静下来的时候，自己完全清醒着，这感觉是一件特别难受的事情。这个时候，真想随便找一个正在呼呼大睡的家伙大打出手，不管那个家伙是个大块头还是个小瘦子，不管最后打赢还是打输，都无所谓了。

凌晨五点，我的手机很刺耳地响了起来。我赶紧拿起手机看，是扎巴老人的女儿旺姆打来的。

我立马接了电话，旺姆在电话里说："阿爸刚刚走了。"

之后，是死一般的沉寂。

特邀演员

先说说我。

我叫扎西,就是吉祥的意思。

你们可能也听说过我,我在我们这里还是有一点小名气的。我这个人的特点就是爱跟各种人打交道,朋友们都说我像个万金油,什么地方都能用得上。

一年中的大多数时间,我都在来我们这里拍电影、电视剧的剧组里混。往好听里说,我是一个在藏地的影视工作者;往不好听里说,我就是个在来藏地拍电影、电视剧的各种剧组里打杂的混混。在剧组里,我什么都干。什么演员联络、场地协调、制片助理、生活制片助理、导演助理、美术助理、服装助理,等等。反正剧组里有什么活我就干什么活,说白了就是为了混口饭吃。有时候还在戏里客串一下,当个群众演员什么的,自我感觉良好,导演高兴了也夸我两句,说:"那个什么,扎西,你在这方面确实有一点点天赋,以后你应该往这方面好好发展发展啊!"我有点不高兴,问:"导演,我的天赋就只有一点点吗?"

导演笑着说:"我们这个汉语的表达很复杂,说你有一点点天赋,意思就是说你在这方面还是有发展的潜力的。我们的汉语太复杂了,那些很微妙的东西你要慢慢领会才知道。"

我"哦哦"了两声,知道这反正是在夸我,心里就美滋滋的,有时候还真想往这方面发展发展呢,想着以后有了点钱就找个机会去北京电影学院表演系进修一下什么的——听说去那里进修学费还挺贵!

我也喜欢给各种人讲发生在我身边的一些故事。说实话,我知道的故事太多了,多到不知道讲哪一个好,我觉得每一个都很有趣。今天要讲的这个,我觉得也很有趣。我讲故事有一个原则,就是从来不胡编乱造。我看过很多电影,虽然电影里的故事编得天花乱坠,但还是没有我的故事讲得好。

那是去年夏天的事。夏天快结束时,我们这儿来了一个拍电影的剧组。他们通过各种关系自然就找到了我。他们的制片主任带我去见了他们的导演。导演是个中年人,有点发福,脑门上的头发整个不见了,但精神很好。

制片主任把我介绍给他,说:"这个叫扎西,这边拍戏的一般都找他。他能力很强,各方面关系都很好。"

制片主任又看着我说:"这位是导演,黄导,著名导演,你随便打听打听,圈里面没有人不认识的。"

我也立即表现出尊敬的样子,说:"黄导,您好!我的名字叫扎西。"

导演看着我说:"扎、扎西,这名字好拗口,你汉语没问题吧?"

我立马学着电影电视里的人说普通话的样子说:"当然没问题,不然怎么敢在各种剧组里混呢!"

导演立马笑了,说:"你不仅会说汉语,说的还是标准的普通话呢!看来交流应该没有问题。"

我就没再说什么,虽然心里有点不高兴。

导演接着又问:"扎西在藏语里是什么意思?"

我说:"吉祥的意思!"

导演说:"我知道了,就是'扎西德勒'那个扎西。你这名字好啊,希望能给咱们的电影带来扎西德勒。"

制片主任讨好地说:"肯定能扎西德勒,将来咱们的电影肯定能吉祥如意、扎西德勒,哈哈哈。"

看着制片主任的样子,我也就笑了笑,可能笑容里也有点讨好的意思。我也说:"肯定能吉祥如意、扎西德勒! 也肯定能在国内金鸡百花各种电影节上拿大奖!"

导演乐呵呵地笑着说:"借你吉言,借你吉言! 是这样的,今年是红军长征胜利七十周年,我们要拍一部电影来讲述当年红军过草地时跟当地的藏民之间发生的故事。"

我对别人称我们为"藏民"有一点反感! 上中学时,我们的一位历史老师就说"藏民"这个称呼本身就带着一种歧视的成分在里面。我们那个历史老师有点激进,他在课堂上高声说:"同学们,你们记住了,藏民这个词是个贬义词,任何把边疆少数民族称为'藏民''回民''蒙民'什么的,都是带有歧视的成分在里面的!"我记得当时课堂上一个学生问:"老师,那我们把汉人称为'汉民',也是带有歧视的成分在里面吗?"我们的老师愣了一会儿,想了想，说："客观地讲，实事求是地讲，把人家汉人称为'汉民'也是带有歧视的成分的！"所以，这个关于称呼的话题就永远地留在我的脑海当中了，而且变得很敏感。

没等我往下想，导演就接着说："红军长征取得决定性的胜利，你们藏民也有很大的贡献啊。你们的格达活佛和我们的朱总司令就是很好的朋友，当年格达活佛带领当地的藏民为红军送干粮、送温暖，做了不少好事啊。他已经是历史名人了，可惜后来被你们的一小撮反动势力分子偷偷下毒给弄死了。哎，这可真是历史的悲剧啊！"

导演说话时，我想起了我小时候在县城的新华书店见过的一幅画。那幅画有点像唐卡，上面是朱总司令和格达活佛，他们在画面上亲切地交谈。我印象很深，那时候，很多人把那幅画当作年画挂在家里。也听说有些人家把那幅画当作唐卡，在家里的佛堂里挂了起来，每天点灯烧香，希望能得到上面的两位大人物的保佑。

看导演在感叹，我就暗地里想：这个导演对这方面还是做了一点了解的；不像有些导演，完全是带着一种猎奇心来到这里的，被问到一些实际的问题，不仅什么也不懂，还喜欢不懂装懂！

我不失时机且有点卖弄地说："导演，那你们这次要拍的是一部主旋律电影吗？"

导演有点惊奇地看着我，说："你，你还知道这个?"

我说:"我以前听剧组里很多人在聊,后来也看了一些电影的书、杂志,就知道这些了。"

导演有点生气,看着我,说:"你,你叫什么来着?"

我说:"扎西。"

导演说:"你这名字太拗口了!你前面说你这名字什么意思来着?"

我说:"吉祥的意思。"

导演说:"吉祥,这个顺,我还是叫你吉祥吧,这样也好记。"

我目瞪口呆地看着他。

他继续说:"那个吉祥,你听着,你千万不要在那些坏的剧组里面学坏,那样你就把自己给毁掉了,记住了没有?"

我赶紧点点头,说:"记住了。"

导演继续说:"你千万不要被这些词汇给迷惑住。电影就是个艺术,根本不需要那么多分类,什么商业电影,什么艺术电影,什么主旋律电影,都是胡扯,都是放屁!电影只有好电影和坏电影之分!你只要在你的电影里面流露真情实感就可以了!有真情实感的电影才是好电影!"

我有点被导演的话感染了,不停地点头。

导演说:"吉祥你给我记住,我们这次要拍的就是一部表现人的真情实感的好电影!"

我不由得鼓掌说："好，好！这次我们要拍一部好电影！"

导演有点激动，挥了挥手，对制片主任说："不要再浪费时间了，赶紧带着吉祥去办我们刚刚说的那些事吧。"

我和制片主任就出来了。

出来之后，制片主任对我说："扎西，我们这个电影要还原当年红军过草地时的真实场景，但是你们这儿的草原和民居被破坏得完全不是那么回事了。我们去了很多地方，说你们这儿还是比较好的，可能还有一些被保留下来的东西。"

我说："你们算是来对地方了，在我们这儿找不到的，你在其他地方也肯定找不到了。"

制片主任说："跟那个年代的照片比，改变还是太大了。"

我笑着说："主任，你这什么话？改革开放都这么多年了，要是我们这儿还是当年照片上的那个样子，那我们不是在拉党和国家的后腿吗？不是在往党和国家脸上抹黑吗？再怎么说，党和国家还是很照顾我们的。"

制片主任有点生气，说："党和国家就只顾着照顾你们这些偏远落后的少数民族地区了！"

我没再继续这个话题，说："剧组现在需要什么，快说吧。"

制片主任说："需要一顶那种看起来很原始、很古老、很旧的黑牦牛帐篷。"

我就问了问旁边的几个牧民,牧民们含含糊糊地说:"我们这里哪有那种黑牦牛帐篷,那种东西成古董了,现在找不到了。"

我给他们每人散了一根云烟,问:"那你们这儿到底有没有那种黑牦牛帐篷?"

牧民们慢慢抽起了烟,快抽完时,一个牧民才说:"噢,我记起来了,那种帐篷有是有一个,就怕主人不肯借给你们啊。"

我说:"你快说谁家有?我去借借看。"

他们七嘴八舌地说了一个地址,我和制片主任就开着剧组的那辆皮卡车,按他们说的地址去找那户人家了。

制片主任把皮卡车开得飞快,我们很快就看到那顶黑色的牦牛帐篷了,在草原上的各种土房和彩钢房中很显眼。

快到跟前时,制片主任问:"扎西,你确定这就是导演说的那种帐篷吗?"

我说:"是啊,就是那种,现在这种帐篷几乎没有了,能找到一个就不错了。"

我们到门口时,一个头发有点花白、看上去有六十多岁的老人出来迎接。

我向老人说明了情况之后,老人说:"不借!这顶黑牦牛帐篷是从我阿爸那一辈传下来的,冬天暖和,夏天凉快,从来没有向外人借过!"

我看老人说得很认真，完全没有要借的意思。

我把老人的话翻译给制片主任听，制片主任立马说："你快告诉他，我们不借，我们租，我们给他钱！"

我把制片主任的话翻译给老人听，老人脸上毫无表情，摇了摇头。

制片主任显得很着急，说："这下完了，导演会疯掉的。找不到他要的那种黑牦牛帐篷，我们的拍摄会超期的。超期了，预算超了，我也会疯掉的，投资人也会跟着疯掉的！一连串不好的连锁反应！没办法，这部电影本身投资就那么一点钱！"

我问："不是说主旋律电影都是政府投资，很有钱吗？"

制片主任急了，说："刚刚导演不是说了吗？不要听那些坏剧组乱讲！这部电影虽然听起来像个主旋律电影，但是政府没有投一分钱，是一个曾经当过红军、过过草地的红军老战士逼他做生意的儿子投的。那个红军老战士说，当年一个牧民用一块牛肉干救了他，要不是牧民的那块牛肉干，自己早就饿死了。他还对他儿子说：'要是当年我在草原上饿死了，哪还有现在当老板的你！所以做人不能忘了本！'那个当老板的儿子拗不过他的红军老爹，就象征性地投了那么一点点，投资比起其他的主旋律电影少得可怜！"

我看制片主任说得很动情，就说："好吧好吧，那我去跟老人说说吧,你在外面先抽根烟。"

我把老人拉进了帐篷里。

待我和老人从帐篷里出来之后,我看见制片主任紧张地看着我。

我说:"老人坚决不借黑牦牛帐篷。"

他一下子变得垂头丧气。

我又说:"但是老人答应,咱们可以到他这里拍。"

制片主任的情绪马上转了过来,连连说:"这样也好,这样也好,总比没有强!"

老人的脸上也露出了笑容。

之后,老人请我们进去喝茶。

我们在宽敞的黑牦牛帐篷里坐下之后,一个看上去年龄跟我差不多(三十多岁)、穿着宽松藏袍的女子提着茶壶给我们倒茶。奶茶哗哗地倒进了我们的碗里,空气里立即飘起一阵阵香味。

制片主任拿起碗,喝了一口奶茶,说:"很久没有喝到这么纯、这么浓、这么香的奶茶了!"

说完,又喝了一大口。他碗里的奶茶剩的不多了。

那个女子又过来给我们倒茶。

制片主任看了看正在倒茶的女子,对我说:"到时候可以让老人的女儿到咱们剧组打打杂,挣点零花钱。"

女子的脸一下红了,还没倒完茶就放下茶壶,跑出了黑牦牛帐篷。

我和制片主任正莫名其妙时,老人问我:"这个汉人刚刚说了什么?"

我笑着说:"他说到时可以让你的女儿到我们的剧组打打杂,挣点零花钱。"

老人一下子不说话了,有点不好意思地对着帐篷的门看了一会儿,之后才说:"她不是我的女儿,她是我的老婆。"

老人的回答让我也有点出乎意料,不由得再次细看老人的脸,不知道该说什么好。

制片主任看到我的样子,就问我:"扎西,怎么回事?"

我把老人的话翻译给制片主任听。制片主任把刚刚端到嘴边的茶碗拿在手里,愣住了,呆呆地看着老人。

出了帐篷,把皮卡开出一段距离之后,制片主任兴奋地对我说:"扎西,这个老头太厉害了,太厉害了!我怎么也没有想到那个女人就是他老婆!"

我只是笑了笑,没再说什么。

第二天,剧组开始在老人的黑牦牛帐篷里拍摄。昨天我们错认为老人女儿的那个女子在帐篷里进进出出,偶尔跟我照面时,就一下子像昨天一样显出一副很不好意思的样子,马上躲开我。

导演一早就来了,看着经过美术部门布置的黑牦牛帐篷，满意地点头。此时拍完了一场戏，各个部门在等灯光组布光。拍摄时，导演对两个男女主演的表演不太满意，提出了一些意见。这会儿，两个主演正拿着剧本琢磨自己的角色。

制片主任把昨天我们喝的奶茶添油加醋地推荐给了导演。看着导演充满期待的表情，制片主任就让我叫那个女子给导演倒一碗奶茶。

女子端着一个龙碗来给导演倒奶茶。倒完奶茶，女子就低着头走了。

导演喝了一口奶茶，不住地点着头说："太纯了，现在在我们城里很难喝到这么纯的奶茶了，要么就加了水，要么就加了防腐剂，要么给奶牛喂了化学的饲料，哪能喝到这么纯的奶！"

说着说着，导演很生气，连带把城里的空气也骂了一通："别说吃的食品，就是本来应该最纯净的空气也被污染得一塌糊涂，未来这个世界就要被人类亲手毁掉了！"

制片主任附和着说："在这里生活的人们太幸福了，每天吃着有机食物，吸着新鲜空气，真是太幸福了。"

我说："有个笑话不知道你们听说过没有？"

导演看着我问："什么笑话？说来听听？"

我就笑了笑说："有些搞旅游的人说我们这里的牛羊吃的是冬虫夏草，喝的是矿泉水，拉出来的是六味地黄丸，哈哈哈。"

导演和制片主任也"哈哈哈"地大声笑起来,说这个说法很有意思,很有创意。

导演又看着我问:"吉祥,你有没有觉得自己生长在这里很幸福啊?"

我挠了挠头,说:"说实话,我其实还挺向往在城里生活的,在城里生活多方便啊!"

导演看着我,说:"不要向往城里的生活,在城里生活真的是糟糕透了!"

制片主任也说:"扎西,你真是身在福中不知福啊。"

我就笑笑,没再说什么。

老人一早就赶着羊去了山上。现在他回来了,盘腿坐在一边,好奇地看我们拍戏。

女子给导演添了奶茶,又去给老人倒茶。这时,导演才一下子注意到了老人。看了一会儿老人之后,他把我叫过来问:"那个谁,吉祥,那边那个坐在地上看我们拍戏的老人是谁?"

我看了看老人说:"他就是这顶黑牦牛帐篷的主人啊。"

导演把演员副导演喊到身边,指着不远处的老人,说:"你看到那个老人了吗?看到了吗?"

演员副导演往那边看了看,说:"看到了。"

导演有点生气,说:"你看看,那么好的形象,你怎么不把他放到咱们的群众演员里面。"

演员副导演也有点愣了，说："对不起，导演，我之前没看到他，我也是刚刚才看到的。"

导演骂起了演员副导演："你怎么搞的！啊，这么好的群众演员放着不用，尽找来一些木头似的看着就来气的群众演员，我真不知道怎么说你才好！"

随后，导演叫我过去把老人叫过来。

待我把老人叫来之后，导演仔细地看着老人的脸，像是在欣赏一幅欧洲名画，一边感叹，一边说："你们看看，你们看看，他的人生，他的经历，他的所有的一切都写在他的脸上了。你们看看，他额头上的每一道皱纹就像是被刀子刻上去似的！你们难道从他额头的皱纹里读不出点什么东西吗？"

我和演员副导演，还有制片主任惊奇地仔细打量老人的脸，尤其是老人额头上的皱纹。老人额头上的皱纹确实像是被刀一条一条地刻上去似的，纹路清晰可见，一条条皱纹里面似乎藏着一个个故事。

导演看着我，说："吉祥啊，你问问老人肯不肯在咱们的电影里面演一个角色。"

演员副导演说："导演，我记得咱们的戏里没有适合他的角色。"

导演看着他，说："你就不会往里面加点戏吗？这么好的演员不用多可惜啊！"

导演再次让我问老人。我把导演的话翻译给老人之后，老人说："我不会演戏。"

我又把老人的话翻译给导演听，导演说："吉祥啊,你跟老人家讲,他演戏不是白演,是有报酬的。"

我又把导演的话翻译给老人听,老人立马说:"我不会演戏。"

我把老人的话翻译给导演,导演像是一下子有了激情,说:"他根本就不用演什么,他只要坐在那里喝喝奶茶,看看远方什么的就可以了,就什么都有了。"

我再次把导演的话翻译给老人听,老人还是说:"我真的不会演戏。"

我把老人的话翻译给导演,导演对我说:"吉祥啊,这样,你再单独跟老人家谈谈,他有什么要求可以提出来。"

我把老人带到帐篷里开导了一番,老人看着我不说话,不知道他在想什么。

我有点轻描淡写地说:"您随便演一下,他们会给你钱的。"

老人有点生气地看着我说:"你也是藏族的吧?"

我马上说:"是是,当然是。"

老人接着说:"那你也应该知道,我们是很忌讳这些东西的,尤其像我这样上了年纪的人!"

我用不解的眼神看着他,他继续说:"可能每个地方的说法不一样,我们这里是很忌讳上了年纪的人把自己的形象留在照片上的。"

我还是用不解的眼神看着他,他继续说:"我们这里以前有个说法,就是说你生前把自己的形象留在照片上,那么你死后灵魂就得不到解脱。"

我这才恍然大悟，之前我也听到过类似的说法。

老人继续说："我这辈子没有照过一张照片，十年前说要办身份证，要照相，我都躲到山上去了。我到现在都没有身份证。"

我意识到我说再多也没有什么用，就出去把老人的想法告诉了导演。

导演摇着头说："吉祥啊，现在都什么年代了，你们这些人的脑子里还保留着这些稀奇古怪的观念，你说说你们将来可怎么办啊？我真是替你们的未来担忧啊！"正当我不知道该说什么时，导演又马上说："吉祥啊，你可千万不要误会啊，我是很喜欢你们这个民族才这么说的。要是别人，我就不一定这样说真话了。"

这时，正好女子过来倒茶，导演就没再继续这个话题。

倒完茶，导演看着离开的女子，说："她是老人的女儿吗？她的长相也蛮有特点的。"

旁边的制片主任就忍不住偷偷地笑起来，弄得旁边的导演和演员副导演都莫名其妙地看他。

导演盯着制片主任看了一会儿，制片主任才一边笑，一边小声地对导演和演员副导演说："这个女子不是老人的女儿！"

导演问："那是什么？"

制片主任还是笑着说："是老人的老婆！"

导演和演员副导演一下子愣住了，几乎同时喊了一声"啊"。

过了一会儿,导演才感叹着说:"难怪这个老人看上去很有故事的样子!"

吃了午饭,剧组又在黑牦牛帐篷里拍了一个下午,但是导演总是不太满意,演员也不知怎么回事,总是不在状态。黄昏时,整个剧组垂头丧气地准备收工,给我们倒奶茶的那个女子突然变得难受起来,说恶心、胸闷、气短,老人也显得很担心。正好制片主任和我要去县上买点东西,就说:"那她跟我们一起去县上医院看看吧,不要耽误了病情。"

我跟老人一说,老人也很高兴,就对她说:跟着他们一起去县上医院好好看看。老人还交代我说,她汉话不好,到了医院你要帮帮她。

临出发时,老人从帐篷里拿出一袋东西交给她,说:"这里面是一些酥油糌粑,到了县城交给你老姐吧。"

她"呀呀"地答应了一声,看着老人,老人也用爱怜的目光看着她。这时候,我感觉他俩真是一对心有灵犀的夫妇啊。

路上她一直都很难受,到了县城医院我就带她直接去了急诊室,制片主任找地方停车去了。

挂号时,一个护士问我你是她丈夫吗,我立即说我不是,她也显得很不好意思。

做完一系列检查之后,一个医生出来说:"谁是她的家属?"

我站起来说:"我是。"

医生笑着说:"恭喜你们啊!"

我有点莫名其妙地看着医生问:"什么意思啊?"

这时制片主任也进来了,看着我们。

医生继续笑着说:"她怀孕了,呵呵。"

我马上笑了,说:"哦哦,我不是她丈夫,我只是陪她来看医生的。"

制片主任也在一边笑。

医生也笑着说:"哦,不好意思,不好意思啊,那回去告诉她的家人吧。"

我点了点头,问医生:"她没有什么事吧?"

医生说:"没事,她只是妊娠期的反应,没有其他病。她目前的这些反应都很正常,不用担心。"

我握住医生的手,一个劲地向他道谢。

制片主任看着我的样子,在一边坏笑。

医生好奇地看了看我,又看了看她,表情严肃地说:"你们到底什么关系啊?"

我一下松开医生的手,瞪着他说:"你不要多想啊,我们没什么关系!"

她似乎也听懂了医生话里的意思,显得有点坐立不安。

医生把我叫到办公室,说:"你回去告诉她的家属,这个孕妇年龄有点大,到时候最好到医院生孩子,这样危险系数比较小,不然这个年龄生孩子有点危险!"

我说了声"好",准备从医生办公室出来时,医生又叫住我,说:"你回去让她家属早早准备一点钱,到时住院生孩子需要一点钱。"

我问,大概需要多少?医生说,大概需要准备个三万元吧,以防万一啊。

从医院出来之后,她问我能不能把她送到她老姐那里,我说当然可以。

她老姐家在县城边上的一排灰扑扑的平房中间。到了门口,我帮她把老人给她的装酥油糌粑的袋子扛了下去。袋子有点沉,我扛着都有点吃力。她敲了很长时间门才开了,出来一个六十多岁的老女人,一副病恹恹的样子,但很热情地说:"啊呀呀,你来了啊?我今天睡得早,我都睡着了,快进来吧。"

我说"我们明天再来接你",就开着皮卡车去找县上的招待所了。路上,制片主任忍不住对我说:"扎西,我现在有点怀疑这个女人怀的孩子是不是那个老人的种啊?那个老人年龄那么大,怎么可能让她怀孕呢?"

我笑着说:"这我就不知道了!"

制片主任说:"我觉得不太可能,真的!"

我说:"虽然他们之间年龄悬殊,但我觉得他们是有感情的。下午咱们出发之前,我看他俩的眼神就觉得他俩不像是那种没有感情的夫妇。"

制片主任感叹说:"你们这个民族的生命力和繁

殖力也太强了,我要是到了这个年龄,可能连干那个的心思都没有了!"

我说:"这种事情以前也不是没有过,我们藏族有个很有名的画家叫安多强巴,画过十世班禅大师,也娶了个比他小很多的女人,八十多岁了都让人家怀上了呢!哈哈哈,厉害吧?"

制片主任竖起大拇指,一个劲地说:"厉害厉害,你们确实厉害!"

第二天,我和制片主任买了东西之后又去接她。那个老女人出来送她,她们之间看上去很亲切的样子。

回到剧组,女人下车跑到老人跟前,对着老人的耳朵悄悄地说了几句话,就跑进帐篷了。

我有点好奇地盯着老人看。

老人站在那里一动也不动,眼里慢慢地流出了眼泪。

这时,导演过来问我:"你们昨晚去医院检查,她没有什么病吧?"

制片主任抢先说:"导演,你绝对想不到是怎么回事!"

导演有点担心起来,说:"她不会是得了什么大病吧?"

制片主任笑了,说:"不是不是!"

导演问:"那到底怎么回事?"

制片主任说:"你绝对想不到!"

导演追问道:"到底是怎么回事,快说!"

制片主任压低声音说:"医生说她怀孕了。"

导演"啊"了一声,看着我,说:"她还怀孕了?"

我笑着点了点头,说:"其实昨天我就怀疑她可能怀孕了,只是她穿了藏袍,我没有看出来。"

导演把目光转向不远处的老人,说:"这老头太厉害了!难怪他的脸看上去那么有故事!"

过了一会儿,女子出来给我们倒奶茶。导演好奇地盯着女子的脸看。

趁女子倒茶的功夫,我把老人叫进帐篷,笑着说:"老人家,恭喜你啊!"

老人也只是呵呵地笑,没说什么。

我又说:"老人家,你真厉害!"

老人还是呵呵地笑着,不说话。

我把医生的话复述给他听。

老人听完有点担心,但最后说:"只要她没事,能顺利生出孩子就好。我得想办法凑钱了。"

我安慰了他几句,准备出去。这时,女子提着茶壶进来了,老人就让我坐下跟他一起喝茶。女子给我俩倒了奶茶,出去了。

老人喝了一大口奶茶,看着我,说:"你们肯定对我们这对老夫少妻感到奇怪吧?"

我不置可否地笑了笑,说:"我倒没什么,主要是外面那些汉人觉得很奇怪、很新鲜,尤其知道你老婆还怀孕了,就更加地觉得奇怪、新鲜了。"

老人倒是没什么反应,从黑牦牛帐篷门口看着外面,说:"我们终于有自己的孩子了。"

我就问:"你们之前没有孩子吗?"

老人想了想,说:"我其实有一个儿子,但那是我跟另一个女人生的。"

我有点好奇,看着老人,问:"难道你还有一个老婆?"

老人看着我说:"是,我有两个老婆。"

我继续好奇地看着他的脸。

老人说:"你应该也见过我的第一个老婆了。"

我更加好奇了,自言自语道:"啊!我还见过她?"

老人沉默了一会儿,叹了口气说:"就是昨天我让我女人带酥油糌粑给她的那个,你应该是见过了。"

我突然想起昨天晚上出来给女子开门的那个老女人,就问:"你怎么会有两个老婆?"

老人沉默了一会儿才说:"怎么说呢,你昨天看到的那个女人是我的第一个老婆,我俩年龄也差不多,我们俩在一起没多久就有了孩子,是个男孩,现在也快三十了。"

老人又停下了,想着什么。我很好奇,就追问:"后来呢?"

老人又开始说了:"后来,二十多年前吧,我那个老婆得了一种很奇怪的病,她身上什么地方都痛,看了藏医、西医、中医，各种医生都没有什么办法治疗。最后，没办法了，就带她去塔尔寺见了一个活佛。活佛算了算，看了看她，说：'她这个病和她前世的某些孽障有关系，世间的医生是治不好她的。'我就赶紧问：'有什么方法能治好她的病？'活佛看了看我俩，问：'你们俩有没有子女？'我立马说：'有，有一个儿子。'活佛说：'那就让他出家当僧人吧，他可以替她慢慢消除孽障。'后来，我们的儿子就出家当了僧人。"

我好奇地问："那后来她的病好了吗？"

老人说："说来也奇怪，我们的儿子出家当了僧人之后，她得的那个怪病也就慢慢地好了。"

我不禁感叹道："好神奇啊！"

老人却淡淡地说："其实这也没有什么神奇的——你前世造下的孽障，这一辈子肯定是要还的。作为子女，能替自己的父母消除孽障，也是一种难得的修行。"

我只是好奇地看着老人的脸，不知道该说什么。

老人继续说："但后来她的身体还是很弱，我们就在县城买了个房子让她住下了，一来她不用那么劳累，二来她看看病什么也挺方便。儿子出家之后，她也变得像个尼姑了，除了每天念经烧香点灯打坐，对其他事情似乎也没有任何兴趣，我们也只是名义上的夫妻而已。"

我就问："那你现在这个老婆是怎么回事？"

老人说:"噢,是是,是这样的。后来,她看我一个人在山上生活很辛苦,就说服她亲戚家一个很能干的女人做了我的老婆,我们之间相差二十多岁。一开始她也不愿意,回过两三次娘家,但后来就安定了下来。她很能干,也很善良。她对我很好。"

我笑着对老人说:"就像外面那个汉人导演说的,你老人家的故事可真多呀!"

老人也笑着说:"我这点事在我们这儿其实也不是什么秘密了,我们就是一家人,互相照顾着,真的很好。"

我笑着继续说:"真的挺好,真的挺好。"

老人看着我说:"我们一直都想要个孩子,所以谢谢你给我们带来了这么好的消息。"

我坏笑着说:"这有什么好谢的,这都是因为你厉害,呵呵。"

老人的脸上也带着一丝坏笑,说:"我一直以为自己早就不行了,没想到还有点用啊,呵呵。"

我看着老人,说:"你就不担心她肚子里的孩子不是你的吗?"

老人笑了,说:"这个你就不用多想了。她比我小很多,这是事实,我也曾暗示她可以去找个跟她差不多的小伙子当相好,但她很生气,她说我人很好,心地善良,这对她来说就够了。"

我赶紧说:"那就好,那就好。"

老人笑着说:"其实我们之间还是挺和谐的。"

这时，导演从外面"吉祥""吉祥"地喊我的名字，我就出去了。

导演问我："你进去都那么长时间了，和那个老人都聊什么了？你得赶紧去再联系几个当地的群众演员。"

我看着导演，说："导演，您的眼睛真是太毒了，这个老人的故事真的有不少！"

导演似乎也有了兴趣，说："快说说，他还有些什么我们不知道的故事？"

我故意说："我还是先去找群众演员吧，老人的故事慢慢再讲给您听。"

我找来几个群众演员之后，剧组下午又在黑牦牛帐篷里拍了好长时间。导演对两个主演和群众演员们的表现都不太满意，总觉得缺了那么一点东西。

第三天，制片主任让我跟他去县上采购一些东西。我们快要出发时，老人领着女子过来，跟我说："她昨晚上一直不舒服，麻烦你把她送到她老姐那里，让她们再好好检查一下吧。"

我问老人："你不陪着去一下吗？"

老人说："我这边还要放羊，事情多，有她老姐帮忙就好。"

我们把女子送到了县城边上那个老女人家里，就去买东西了。

路上，制片主任说："我听村里一些小伙子说，刚刚出来的那个老女人是老人以前的老婆,是那样吗?"

我说:"你说的没错,是那样。"

制片主任问:"那他怎么能娶两个老婆?"

这会儿我心里有点烦,就说:"这个说起来有点复杂,以后再跟你说吧。"

制片主任就嘟哝着说:"你们这里稀奇古怪的事情真多!"

我们买了东西回去的路上,皮卡车陷进一块沼泽地里,半天也没能弄出来。轮胎越陷越深,我们只能眼睁睁地看着。制片主任一个劲地说:"完了完了,看来今晚只能待在这个荒郊野地了!"

半夜,一辆东风卡车路过这里,司机拿出一根粗钢丝绳拴住我们的车,轻轻一拉就把皮卡车从那块沼泽地里拉了出来。

我给卡车司机让了一根烟,夸了一句:"你的卡车力量太大了,就像从酥油里抽毛一样把我们的皮卡车从沼泽地里抽出来了!"

卡车司机也不谦虚,抽着烟说:"你一个皮卡车当然没有我齐头东风车的力气啊,我这齐头东风可是有210个马力的,你看看它的大小就知道了!"

晚上回到剧组已经后半夜了,第二天起来得也晚。我到拍摄现场已经十点多了。

导演看到我,说:"吉祥,你终于来了,黑牦牛帐篷的主人,那个老人家一直在问什么时候来。我问他有什么事,他也不肯跟我说,他说等你来了说。"

导演正说着,我看到老人已经向这边走来了。

待他走近后,我问:"老人家,你有什么事吗?"

老人看了看导演,对我说:"咱们去帐篷里说。"

我和老人就去了黑牦牛帐篷。

到了黑牦牛帐篷里,老人却不说话了,只是看着我。

我说:"有什么事你快说吧。"

老人说:"昨天你们把我老婆送到她老姐家之后,下午她们去医院做了检查。"

我问:"医生怎么说的?"

老人说:"医生说我老婆年龄大了,现在生孩子危险,还说什么孩子在肚子里的位置也不好,要做手术,得把孩子从肚子里直接取出来。"

我笑了,说:"那叫剖腹产,一个很常见的手术,没有什么危险,你就不用担心了。"

老人说:"我不是担心这个,我也知道,现在科学发达,很多以前治不好的病现在都能治好了。"

我问:"那你还担心什么?"

老人尴尬地说:"我担心钱,她们捎来话说,做手术生孩子最少需要准备三万块钱。"

我说:"噢,我明白了。那你就把你的羊卖了吧,还是生孩子要紧。"

老人叹了一口气,说:"我现在只有十几只羊,今年的羊价根本不行,全部卖了也凑不到那么多钱。"

我只好说："那怎么办啊？"

老人说："昨天我老婆她老姐捎来话说，她手上大概有一万块，我手头也有个一万多，加上你们这几天租我黑牦牛帐篷的钱，再有个一万就差不多有三万块钱了。"

我马上说："这样应该够了，应该够了。"

老人接着说："前两天你们不是让我来演电影吗？如果我演了，有多少钱？"

我说："大概有几千块钱吧，也没多少钱。"

老人说："如果我演了，你们能不能给我一万块，有了一万块我就不用担心了。"

我终于明白过来了，说："哦，原来是这个意思，可是这个我定不了，这个事情人家导演、制片主任才能定。"

老人说："那你去问问他们吧。"

我这才突然想起了什么，问："你不是说你不能把自己的影子留在照片上的吗？你演了电影就等于把自己的影子留在照片上了。"

老人说："是是，但是我现在也顾不上那么多了。"

我笑着问："那你将来死了，灵魂得不到解脱怎么办？"

老人说："不解脱就不解脱吧，只要他们母子能平平安安就好！"

我有点感动，看了看老人，走出帐篷，对导演说:"老人愿意演了。"

导演一下子站了起来,说:"太好了,太好了,吉祥,你赶紧让化妆和服装给老人准备一下吧。"

我顿了顿,说:"导演,老人问,如果他演了,能不能给他一万块。"

导演看着我,说:"吉祥,你没跟老人家讲吗,预算里群众演员的费用没有那么高啊!他为什么要这么高呢?我看老人家也不是那种很爱钱的人啊!"

我就把老人的情况跟导演说了。

导演想了想,说:"哦,原来是这样。"

我问:"那我怎么跟老人说?"

导演说:"你去把制片主任叫来。"

我把制片主任叫来之后,导演说:"吉祥,你把老人的情况跟主任汇报一下。"

我就又把老人的情况跟制片主任说了一遍。

制片主任听完,看着导演。

导演说:"主任,能不能给老人一万块的劳务费呢?"

制片主任有点为难地说:"导演,咱们的预算都是之前就定死的,只能严格地按预算走,现在看着都有点紧张呢。"

导演说:"那你不能以特邀演员的名义申请一下吗?"

制片主任为难地说:"导演,咱们的预算里没有特邀演员这一项啊!"

导演有点生气,说:"算了算了,这样吧,老人的费用就按群众演员的标准走吧,剩下的部分就从我个人的劳务里面扣,这个演员我用定了!"

制片主任立马说:"这怎么行呢,这笔费用不能从您的劳务里扣!"

导演有点生气,说:"那怎么着,这两天拍的都不理想,这样耗着,开支不是更大了吗?"

制片主任看了看我,说:"这样吧,扎西,你先答应老人的要求,咱们先拍,我再想办法跟咱们的投资公司沟通沟通,看看能不能以特邀演员的名义给老人申请到这笔额外的费用。要是申请不到,到时大家再想其他办法,目前进度最重要!"

老人正式加入之后,我们就开始了下午的拍摄。

在拍摄现场,老人显得有点紧张,老是问我:"扎西,你快跟我说说,我等会儿需要怎样表演。你们答应了我的条件,帮了我的大忙,我也得好好帮你们表演才对啊!"

导演看着老人的样子,每次开机前会把我叫到跟前,说:"吉祥啊,你跟老人讲,他不用做任何的表演,他就像平常一样,坐在那里,喝喝茶,看看远方就可以了。"

下午的拍摄很顺利,几乎每一条都过了。最后,导演对老人竖起大拇指,说您一坐在那里整个气场就对了。两个主演也过来夸老人,说只要您坐在那里,我们的感觉就来了。面对他们的夸赞,老人一脸迷茫。

第二天要转移到另一个场地,我们把东西都收了起来,装到了车里,准备出发。

临开车前,我把一万块钱和黑牦牛帐篷的租金按之前说的交给了老人,让老人在提前写好的收据上签上自己的名字。

老人把钱抓在手里,有点犹豫,说:"我不会写汉文,怎么办?"

我问:"那你会写藏文吗?"

老人说:"也就会写自己的名字而已。"

我说:"那就可以了。"

我指了指位置,老人就很认真地把自己的名字写在了上面,写完之后还歪着脑袋仔细地看了一眼,显得很满意。

我准备收起那个收据时,老人说:"你们也没有个印泥什么的吗?我最好摁个指印,这样你们也放心。"

我就叫会计拿来印泥,让老人摁了指印。

老人看了看自己沾着红色印泥的手指头,往衣服的袖口擦了擦,又看了看我,似乎这才彻底放心了。

水果硬糖

我有两个儿子,两个儿子的年龄相差十八岁。

先说说我的第一个儿子多杰加。多杰加长得尖嘴猴腮的,村里人都在暗地里取笑他,我也经常为他的长相担心,想着这样一副长相,长大了谁家的姑娘愿意嫁给他呀。多杰加出生后还不到一个月,我们村里一个平时口无遮拦的女人来看月子,她看了一眼我怀里的婴儿,不无担心地说:"这个孩子长得这么难看,长大了可怎么办啊?"虽然我知道自己的儿子长得丑,但是还没有人当面这样说过。我心里就把这个女人给恨上了,之后两三年都没跟她说过话。

他长到三岁时,他的阿爸就死了。是病死的,不是什么意外。刚开始我没法接受,后来就慢慢接受了。他从开口说话就说他想念书。我想,不识几个字,人就跟个瞎子似的,在社会上没法混。所以,从他七岁开始,我就让他去我们村里的小学念书了。从小学一年级开始,他每个学期都拿回一张"三好学生"的奖状来。我很高兴地想,他这么聪明,将来也许有姑娘愿意嫁给他呢。我用面粉做好糊糊浆,把奖状都粘在了我家灶房的墙面上。到他五年级时,我家灶房的墙面上贴满了奖状,花花绿绿的,很好看。念完五年级,就算是小学毕业了。

我们这里有个习惯,就是大儿子一般要留在家里继承家业。我只有他一个儿子,自然就要留他继承家业了。我把这个意思跟他讲了。他半晌不说话,最后才说:"阿妈,求求你了,我想念书,你让我念完初中再说吧。"他这样一求,我心又软了,继续让他念了初中。

他念完初二,我就下定决心不让他继续念了。初二的最后一个学期结束之后,他依然带着一张"三好学生"的奖状回来了。我用面粉做好糊糊浆,把奖状粘在我家灶房墙面上。

然后,我转过身对他说:"家里人手少,你阿爸走了之后,阿妈既要做女人又要做男人,一个人顾不过来家里所有的事啊!你识的字也够你用一辈子了,以后你就别去上学了吧。"

他看着我不说话,不知道在想什么。

一会儿之后,他走过去,把我刚刚粘在墙上的奖状撕下来,揉成一团,扔到了火塘里。随后,"哗"的一声,奖状烧成了灰烬。

我有点不知所措。我看了看他,说:"阿妈知道你念书很厉害,可是家里阿妈一个人实在是顾不过来啊!你是家里唯一的男人,你要担负起这个家啊!"

他看着我,说:"阿妈,你就让我继续念书吧,以后我来养你,我把你带到城里头生活,以后咱们就不要这个家了。"

我打了他一耳光,说:"你别想让这个家败在你的手里,你这样我没法面对你阿爸的在天之灵!"

他也不看我,走过去又从墙上撕下一张奖状,扔到火塘里烧成灰烬。

我叹了一口气,说:"你再撕也没用,你就死了继续念书的心吧。"

后来，每到早上，我就发现墙上的奖状少了一张。暑假快结束时，墙上的奖状就全没有了，墙面上空荡荡的，我还有点不适应。

我问他："你把奖状都藏哪儿了？"

他说："我都烧掉了。"

我很生气，瞪着他说："你烧了也没用！你把整个墙烧了，你把整个房子烧了，你把整个家烧了也没用！我就是不想让你再去上学了！我也是个人，我也需要个帮手！"

他看了看墙面，墙面上已经什么也没有了。要是墙面上还有奖状，他肯定又跑去撕下来扔到火塘里烧了，我想。

开学之后，我没让他去上学。他也不说什么，跟着我帮忙干各种家务活。我心里想，儿子长大了可真是好啊！

开学后过了一个星期，他的班主任找上门来了。班主任是个三十多岁的男子，卷发，戴着一副眼镜。我想他一定是看了很多书，上学时肯定也和我儿子一样拿了不少奖状。

他给我献上了一条哈达。这是很高的礼节，我有点受宠若惊，一时不知道该怎么办。

他说："我听说了，你是想把你儿子留在身边给你做帮手。"

我说:"我实在没办法了,家里的事情太多了,身边没有个帮手我顾不过来!"

他说:"这个我理解,可你的儿子是个天才,你不能毁了他的人生。"

我问:"天才是什么?"

他好像被问住了,一时不知道该怎么回答。他看了看我的儿子,我的儿子也正在看着他。

他说:"就是说,在这个世界上这样的人不多。"

我说:"你是说,像他这样长得很丑的人不多吗?"

他笑了,马上说:"不是这个意思,不是这个意思,天才不是这个意思,天才跟长相没有关系。"

我更加不明白了,继续看着他。

我儿子看着我俩,笑了。

他显得有点尴尬,又使劲想了想,说:"你们这儿的活佛多不多?"

我立即说:"不多,我们这边的寺院就一个活佛。"

他也立即说:"他就是那样的人,那样的人很少,一百年才出现一两个。"

我立即说:"你不要拿他跟活佛比,那样比不好,那样比会折损他的福气。"

他一时不知道该怎么说了。他挠了挠头皮,想到了什么似的说:"你儿子每个学期拿来的那些奖状你都看见了吧?"

我看了看墙面,说:"当然看见了。"

他继续说:"那些奖状不是随便就能拿到的。你儿子从小学一年级开始到现在,每个学期都拿到了'三好学生'的奖状,这是很不容易的。"

我继续看着墙面,有点遗憾地说:"可惜那些奖状都被他撕下来扔到火塘里烧了。"

老师看了看我,又看了看墙面。他似乎也看到了一些蛛丝马迹,说:"烧了?真的烧了?"

我看了看我儿子,说:"真的烧了,不是我烧的,是他自己烧的。"

老师看着我的儿子。

儿子低着头说:"我阿妈说不让我上学了,我就把那些奖状给撕下来烧掉了。我想留着那些奖状也没啥意思。"

老师看着我儿子,最后才摇着头,说:"那些奖状烧了就烧了吧,也就是些纸片而已,主要是你现在要继续上学。"

我儿子看着我不说话。

我态度坚决地看着老师,说:"你说什么我也不会让他继续上学了!我也不是这个家里的驴,我也需要个帮手,长大了连个帮手都做不了,我生下他,把他养大干什么?"

老师很生气,瞪着我,大声说:"你这是在造孽!"

我也有点生气,问:"造孽?我不让自己的儿子念书也算造孽吗?"

老师更加生气，喘着气说："当然是造孽！你这样造孽你死后是要堕入地狱的！"

我有点害怕了，问："真的假的？"

老师说："当然是真的！你想想，当初要是宗喀巴大师的母亲不让他去寺院学习经论，会有后来被称为第二佛陀、格鲁巴创始人的宗喀巴大师吗？"

我觉得他说的有点道理，没办法反驳他。

他接着说："要是她当时不让宗喀巴大师去寺院学习经论，她死后肯定会堕入地狱的！"

停了一会儿，他又说："你现在不让你儿子继续念书，你死后肯定也会堕入地狱的！"

我相信因果报应，我相信今生来世，我当时真的被他这句话给吓坏了。

下午，卷发老师就带着我的儿子回去了。

第二年夏天，我的儿子初中毕业了，考上了州上的高中。村里很多女人问我，你怎么就生了个这么厉害的儿子？都考了全州的第一名！

我心里高兴，嘴上却说："我怎么知道，就那样不小心生了个天才呗。"

女人们问我啥是天才，我想起了老师的话，说："就是说那样的人不多。"

我想她们理解不了天才的意思，但没想到她们却说："那样的人当然不多，要不然怎么能考上全州第一名呢！"

高中第一学期后的寒假,他空着手回来了。我有点好奇,有点意外,笑着问他:"这次你是不是没有拿到奖状啊?"

他严肃地说:"拿到了。"

我问:"在哪里?"

他说:"我在路上烧掉了。"

我有点遗憾地说:"烧掉它干吗? 拿回来贴在墙上不是挺好吗?"

他说:"就一张纸而已,留不留着都一样。"

我没再说什么。后来几个学期寒暑假时,他空着手回来,我也没再问什么。

高中毕业之后,他就考上了大学。我们村里的那些女人们又都说,我儿子是以全省第一名的成绩考上大学的。她们问我,我就说不知道。她们却说,你儿子是天才,考个全省第一名是区区小事。

其中一个女人又说:"听说你儿子到了大学要学医,是真的吗?"

我说:"当然是真的,我儿子考了全省第一名,想学什么到了大学都随便选!"

那个女人赞叹着说:"俗话说'活佛的母亲死后要堕入地狱,医生的母亲死后要进入天堂',你可真是有大福气啊!"

我脸上带着笑,心里却骂道:"死儿子,将来要当医生了也不告诉我一声!"

儿子上大学前,有一次我问他:"你到底有没有考上全省的第一名。"

儿子看着我，笑了笑说："我不是第一名，我是第三名。"

我有点失望，问他："你不是天才吗？你怎么就考了个第三名？"

儿子说："你以为第三名就那么好考吗？我是天才人家也是天才，考第一名、第二名的都是天才，甚至考第四名、第五名、第六名、第七名、第八名、第九名、第十名的也都是天才！"

我就说："要是早知道你考不上全省第一名我就不让你去考了，咱们村那些女人都以为你考了全省第一名，要是知道你考了个第三名，我可怎么向她们交代？"

儿子说："你不用向她们交代什么了，我以后不回来就是了。"

我说："你要是敢不回来我就打断你的腿，不让你去上大学。"

第一个学期结束后的寒假他就没有回来。他派了一个他的同班同学来跟我汇报他不回来的事。

我问他的同学："我儿子为什么不回家？"

他的同学说："他想寒假打打工，挣点钱。"

我问他："你们在学校开销很大吗？"

他说了个数字，超出了我的想象。他上学前我给的钱很少，远远不够他平时的开销。

我问他的同学："你的生活费和平时的开销是谁给的？"

他的同学说:"都是我爸妈给的。"

我问他的同学:"你爸妈是做什么的?"

他的同学说:"我爸在政府上班,我妈当中学老师,教学生唱歌。"

我感到很伤心,不由得流出了眼泪。

他的同学不解地看着我。我说我的儿子要是也有像你一样的爸爸妈妈,就不用假期留下来打工了。

他的同学说:"阿姨,你千万不要这样想,你的儿子很聪明,你的儿子是个天才,你的儿子将来一定会比我们有出息的!"

我问他:"他这个学期有没有拿到'三好学生'的奖状?"

他的同学:"大学里一年才评一次。你的儿子下学期肯定能拿到'三好学生'的奖状的,而且还能拿到奖学金。"

我问他的同学:"奖学金是什么?"

他的同学说:"就是钱,评上了'三好学生'就有钱发。"

我有点纳闷,就问:"'三好学生'的奖状不就是张纸吗?怎么换成钱了?"

他的同学笑着说:"大学里评上'三好学生'不但有奖状,还发钱呢!"

我问他的同学:"他的学习成绩真的很好吗?"

他的同学说:"真的很好,是我们班里的第一名。"

大学毕业之后,我儿子多杰加就真的成了一名医生。但是他没有回来，我听说他被他同班一个拉萨的女同学给拐走了，拐到拉萨的什么医院了。拉萨好是好，那里是菩萨的圣地，那里的人们福气多，可是我听说拉萨的女人们不喜欢干活，家务事都是由男人来做。我真的有点替他提心吊胆了。我们村的几个女的也在到处说风凉话，说没想到我那个天才儿子被一个拉萨女子拐走了，可惜了，还说当初要是不让他上什么学就好了。

接下来说说我的第二个儿子，我的第二个儿子叫多杰太。

多杰太是在多杰加十九岁的时候生的，那是多杰加考上大学后的第二个学期。刚生下来，多杰太的眼珠子一动也不动，脸上没有任何表情，懵懵懂懂的，像是活在另一个世界里。我担心我这次生下的是个傻子。

说到我的第二个儿子多杰太，就不得不说一下他的父亲。我第一个儿子多杰加的父亲死得早，在多杰加三岁的时候就死了。他的样子，他说话的语气我都记得很清楚，有时候还在梦里梦见他。但是我问多杰加对他父亲有没有什么印象，他说他完全不记得父亲是什么样了。

多杰加上了大学之后，因为太孤单，我跟夏天到我们这儿割麦子的一个男人好上了。我第一次看见他，就对他有一种很亲切的感觉。那个男人比我小几岁，他的长相和说话的方式跟我死去的男人有点像，这可能是我跟他好的主要原因。他先是到我家割麦子，我给他工钱。他很能干，力气大，吃得多，割麦子也很厉害。后来他就在我家里住下了，开始帮别人家割麦子，还把帮别人家割麦子挣到的钱带回来给我。

那年的收成很好，粮食都堆满了粮仓。农忙季节过去之后，我也怀上了多杰太。

第二年生下多杰太之后过了三个月，又是一年一度的秋收季节了。男人很心疼我，说今年他来收庄稼，让我好好在家里休息。我有点感动，觉得有一个男人在身边真好！

庄稼收到一半，到了中午，一个女人来找我了。那个女人还带着两个小女孩，两个小女孩的脸蛋红红的，看上去很可爱。她说她是来找自己男人的。我问她，你找自己的男人，怎么找到我这儿来了。

她说，她的男人现在就住在我家里。

我一下子明白是怎么回事了。

女人还指着两个小女孩说，这是他们的女儿。两个小女孩看着我笑。我也看着她俩笑了笑。那个女人没有跟我大吵大闹，说等男人回来让他自己决定吧。女人看着我怀里傻乎乎的儿子问，这个是你跟我男人生的孩子吗？我犹豫了一下，点了点头。她又说，你不会是生了个傻子吧？我说不会，我大儿子现在在上大学呢，他是以全省第一名的成绩考到大学里的。女人看着我怀里的儿子，没再说话。

黄昏时分，男人割完麦子回来了。他看上去有点疲惫。看见女人和两个小女孩，他愣在那里一动也不动。女人看着他，也没说什么。两个小女孩"阿爸""阿爸"地叫了两声，跑过去牵住了他的手。女人一下子就哭了起来。她哭得伤心欲绝，完全停不下来。男人不知道该说什么，看看两个小女孩，又看看哭泣的女人，最后把目光落到我和我怀里的小儿子身上。女人哭到最后，嗓子眼也干了，完全哭不出声音来了，一下一下地打着嗝。我那不到一岁的儿子像是受了惊吓一样，傻傻地看着那个不断打嗝的女人。

　　等女人的情绪稍微稳定下来之后，我对男人说："你还是回去吧，一个女人家带两个孩子不容易。"

　　男人和女人有点意外地看着我。

　　女人看着我，问："那你怎么办？"

　　我说："没事，我一个人带一个孩子顾得过来。"

　　女人没再说什么，男人一直没有开口。

　　我就给他们做晚饭，把家里仅有的那条羊腿煮了给他们吃。男人吃了一点，女人几乎没吃。他们的两个小女儿吃了很多，嘴巴鼻子全是油。他们吃了晚饭，我就让他们上路了。外面的夜很黑，我还给他们拿了手电筒。女人很感激我，握住我的手不知道说什么好。我假装生气地骂了她一句："还不带着自己的男人赶快走！"她才跟着男人走了。我看着他们走了很远，之后才回到屋里。

　　回到屋里时，我那个不到一岁的儿子还没有睡，傻傻地看着我。看着他的样子,我就忍不住大声哭了起来;像那个女人一样,我哭到最后嗓子也干了,眼泪也流完了。

到第二年割麦子时,我的小儿子多杰太长大了一点,但还是不说话,总是傻傻地看着我。我把他用一根绳子拴在地头,一边割麦子一边回头看他。麦田一眼望不到边际,感觉麦子越割越多,累得我直不起腰来。多杰太在地头"哇啦哇啦"地哭个不停,这让我心烦意乱。我又跑过去给他喂奶,孩子喝了奶就睡着了。这时,我远远看见男人和他老婆向这边走来了。

女人远远地就喊:"我们帮你割麦子来了。"

我也远远地喊:"就你们俩啊?你们的两个女儿呢?"

女人喊:"放在我姐姐家里了,没事,放心吧。"

待他们走近后,男人看着已经睡熟的小孩,说:"已经长大了啊。"

我也看着小孩,说:"还是不说话。"

女人说:"有些小孩说话就是晚,不是什么问题。"

我说:"不会真是个哑巴吧?"

女人的脸马上红了,说:"我上次不是那个意思。"

我说:"我说的可是真的,你看他不像个哑巴吗?"

女人说:"怎么可能呢!我两个女儿都像话匣子,说起来没完没了的。"

男人也说:"这个孩子肯定会说话的,就是个迟早的问题。我听人说,开口说话晚的孩子都是福气很大的孩子呢。"

他们的话把我逗笑了。我说:"我也不奢望他有多么大的福气,我就希望他正常、健康,长大了能待在我身边就可以。"

男人说:"这个孩子长大了肯定能当你的帮手的,我们好好教育他。"

听了男人的话,我真的希望这个孩子快快成长起来。

男人和女人帮我割完麦子就回去了。村里人对我们的这种关系也习以为常了,早就不在背后说我们的闲话了。

冬天时,大儿子多杰加放寒假回来了。他看到他同母异父的弟弟多杰太,就看着我问:"这个小孩子是谁?"

我说:"这是你的小弟弟啊。"

他问:"我怎么会有个小弟弟?"

我笑着说:"你离开我去了大城市,阿妈就给你生了个小弟弟。"

有一天,他去村里的一个聚会,回来就显得很不开心,身上还有酒气。

我问他:"你怎么喝酒了?"

他不回答我的问题,看着我怀里的多杰太说:"他怎么看上去像个傻子一样?"

我说:"你不能这样说他,他是你的弟弟。"

他说:"我没有这样的弟弟,他就是个傻子。"

我说:"他只是还没有开口说话而已,他不是傻子。"

他说:"村里人都说他是个傻子。"

他的表情里还有一点嘲讽的意思。

我打了他一耳光,说:"傻就傻,傻一点更好,傻一点就不用去读什么书了,傻一点就不会像你一样远走高飞了,傻一点就可以留在我身边了。"

之后的几个假期,他就没再回家,我知道他心里对我有怨恨。

多杰太到了四岁时还是不说话,他的眼神和表情还是像个傻子。我心想,完了,自己真的生了个傻子!

那年夏天,我的大儿子多杰加大学毕业了。他给他同学捎话说,他跟着他女朋友去拉萨了,暂时回不了家。后来,他又捎话过来说,他和他女朋友被分到拉萨的一家大医院了。我让他的那个同学捎话说:"你就告诉多杰加,拉萨可是好地方,是菩萨的圣地,他能去拉萨阿妈很高兴,以后只要回来看看阿妈就行了。"他的同学说:"其实多杰加一直跟我说起您呢。"我脸上带着笑,心里却有一股酸楚的感觉,说:"这个孩子终于熬出头了。"

有天晚上,我做了一个梦,梦里我们村嘛呢康[1]

---

[1] 嘛呢康:意为"念诵六字真言的房子",即经堂。藏地各村一般都有自己的嘛呢康,定期举行集会。

的一尊佛像开口跟我说话了。说了什么，天一亮我又全不记得了。

第二天早晨，我醒来时已经九点多了。太阳的光透过窗棂照进了屋里，令人眼花缭乱的。有一阵子，我以为自己还在梦里。

我赶紧起来，走出屋子，看见我的多杰太端坐在一个方凳上看着我。

我感觉他有点不一样，不由得向他走去。走近时，我看见他脸上带着一种神秘的表情，完全不是平时那种傻傻的表情。我正在纳闷，他突然开口说："阿妈，你终于醒来了。"

我好像突然被雷击中了，怔在那儿说不出话来，眼睛里却不由得流出了眼泪。

到了六岁时，他已经能流利地说一些话了。他很听话，一天到晚跟在我的后面，我心里想，生了个聪明绝顶的儿子没留住，这次这个看上去有点傻的儿子终于可以留在身边了，可以作为自己一辈子的依靠了。

那年春天，我带着他正在地里锄草，突然来了几个穿着袈裟的僧侣。我儿子看见了那几个僧侣，就向他们跑过去了。

僧侣们抱起我的儿子，左看看，右看看，嘴里不停地说："这下好了，终于找到了，终于找到了！"

我看着他们的样子，心里很紧张，走过去从他们手里抢过我的儿子,大声说:"这是我的儿子,你们要干什么?"

一个年龄稍大的僧侣微笑着对我说:"莫大的荣幸降临到你们家里了,你这个儿子是我们苦苦寻找的卓洛仓活佛的转世灵童。"

我被完全搞懵了,嘴里突然冒出一句:"卓洛仓活佛?!我的天哪!这怎么可能!"

几个僧侣也不管我说什么,已经开始向我的儿子磕头了,嘴里还念念有词。

我一听到卓洛仓活佛这个名字,心里一下子想起了许多年前的一件事。那时我还是个十八九岁的小姑娘。那天,我和几个小姑娘去河滩挑水,正在路边休息时,其中一个姑娘突然说:"快看,那是卓洛仓活佛!"

我们都往她指的方向看。在我们村子中央的那棵老松树边上,一个人正站在那儿,看着前两天被大风折断的一段奇形怪状的枯树枝出神。据我们村里的老人们说,这棵树已经有一百多岁了,村里人早就把它当作了一棵神树,树枝上挂满了各种哈达、红布条、白色的羊毛之类的。我们再仔细听时,听到卓洛仓活佛看着折断的枯树枝自言自语着什么。

卓洛仓活佛是扎玛寺的寺主活佛,文革期间还俗,娶了老婆,还有两个儿子。我们村里有一个他在过去劳改期间的拜把兄弟,所以他会经常来他家串门。他跟其他的活佛有点不一样，平时喜欢喝点小酒。每当他来我们村找他的拜把兄弟，回去时总是有点醉醺醺的样子，嘴里含混不清地说着一些谁也听不懂的话。我平时看见他就有点害怕，总是绕着走，尤其在他喝得醉醺醺的时候。我心想一个活佛怎么能这样，但是我身边的人都说他有很高的道行，我们普通人是理解不了的。

当我们挑着水正要离开时，我看见他快速地朝我们走来了。我们都有点紧张地赶紧放下水桶，双手合十，对他做出很恭敬的样子。没想到他径直向我走来，一只手抓住我的手，另一只手摸着我的手心说："你的小手真是可爱啊！"我当时都不知道该做什么、该说什么，浑身就像触电了一样，麻酥酥的感觉。

他捏住我的手继续说："姑娘，你长得真是好看，你叫什么名字啊，今年多大了啊？"旁边的两三个姑娘也很紧张，赶紧帮我报了我的名字和年龄。卓洛仓活佛还是捏着我的手说："好，好，我知道你的名字和年龄了，我记住你了。"说完，他就松开了我的手，从裤兜里抓出一把水果硬糖给了我，之后一个人摇摇晃晃地往前走了。姑娘们看着我，嘻嘻地笑，我赶紧把手里的水果硬糖分给了她们。她们剥了水果硬糖的糖纸，放到嘴里，慢慢地咂着，都说水果硬糖的味道好。

回去的路上，一个平时不太爱说话的小姑娘悄悄跟我说:"能不能把卓洛仓活佛给你的剩下的水果硬糖给我一颗?"我停下来看她,用眼神问她。她继续说:"我奶奶可能快要死了,我想让她尝一下卓洛仓活佛给的水果糖,她平常老是说,她死后能让卓洛仓活佛为她念念超度经就好了,就圆满了。"我明白了她的意思,把剩下的水果硬糖全给了她。她有点不好意思地说:"一颗就够了,剩下的你留着吧。"剩下的水果硬糖其实也没有多少,就三颗,我让她全部带给她奶奶。她说奶奶一定会感激我的。

看我一副发呆的样子,一个年长的僧侣说:"家里出了个尊贵的人中珍宝,是莫大的荣幸啊,你应该感到高兴才对!"

我似乎一下子清醒了,立即说:"怎么可能,这怎么可能,不可能,你们搞错了,你们一定是搞错了!"

说完,我抱起儿子就往家的方向跑。我听到后面乱作一团,人们叽哩呱啦地喊着什么。

到了家里,我就把大门从里面给顶死了。

没过多久,我听到了一阵杂乱的敲门声,伴着各种嘈杂的声音。

很快,他们拿来梯子搭在我家的院墙上,一个小孩顺着梯子爬进我家院子里,打开了我家的大门。

一下子,外面的人群像潮水一样,一股脑涌进了我家的院子里,男女老少都有。很快,我儿子多杰太的脖子就被各种颜色的哈达给围住了；很快，他就几乎淹没在哈达里面了。一些虔诚的信徒已经开始向他磕头了，一些跟他差不多大小的小孩看着眼前的这个同龄人，一脸的羡慕。

我们村一个德高望重的长者走过来向我献了一条哈达，说："你儿子多杰太被认证为卓洛仓活佛的转世，真是我们村的福气，更是你们这个家的福气啊！"

一些女人更是拿羡慕的眼神看着我，说："你真是有大福气的女人啊！大儿子多杰加考了全省第一，上了大学，现在已经是拉萨大医院的医生了。现在小儿子多杰太又被认证为卓洛仓活佛的转世，你这是上辈子积了什么德啊！真是让人羡慕啊！"

那个我曾经给过水果硬糖的小姑娘现在也是两个孩子的妈妈了，脸上脖子上全是肥肉，她挤到我跟前说："你还记得你曾经把卓洛仓活佛给你的水果硬糖给了我吗？"

我说："记得，记得。"

她说："当时我把水果硬糖给我奶奶吃了，她可高兴坏了，高兴了好几天。那时候，我就觉得你真是个心地善良的女人。"

这时，旁边的一个女人接话说："这么善良，肯定是个空行母的化身，不然怎么会生出个活佛儿子呢。"

其他的男男女女也说着各种赞美的话，那短短的时间里,我觉得我把世界上各种赞美的话都听完了。

我看着我们村里的男男女女,不知道该说什么好。之后,我看到前面那几个僧侣也进来了,就突然清醒了似的,大声对他们说:"我不想让我儿子做活佛,我要他这辈子留在我身边。"

人群中一阵喧哗,我听到有人说,这个女人是不是疯掉了。

那个德高望重的长者走上前说:"你不能这样说啊,你千万不能说出这样的话啊!这是神的旨意,神只是让上一世卓洛仓活佛的转世降生在了我们村里、你们家里而已,现在这个孩子已经不属于我们了。"

我更加紧张了,赶紧说:"他们肯定是搞错了,我这个儿子到了该说话的年龄连话都不会说,很多人都说他像个傻子一样,你们肯定是搞错了!"

这时,其中一个僧侣微笑着上前握住我的手,说:"不会错的,你放心吧,我们已经考察很久了,肯定不会错的。这个孩子将来肯定是个大成就者,他只是看上去不那么机灵罢了,一般大的成就者都有这样的示相,电视里演的济公活佛不也天天喝酒吃肉,醉醺醺的,像个疯子一样吗?"

僧侣说完,微笑地看着我。

女人们也在一边叽叽喳喳地说:"你千万不能乱说话啊!你的福气真是太大了!要是我们的儿子能考上个大学或者能被认证为卓洛仓活佛的转世,我们高兴还来不及呢!这么好的事情还需要犹豫吗?"

我被众人七嘴八舌地说得有点晕乎乎的,耳朵里嗡嗡地响,不知道该怎么办才好。这时,我突然发现我小儿子多杰太的脸上露出了一种我从未见过的笑容。他看了看我,又看了看那几个陌生的僧侣。他脸上的陌生的笑容把我吓了一大跳。我突然记起,这陌生的笑容就是许多年前卓洛仓活佛盯着我看时脸上的笑容。这也太神奇了。

几天之后,我只好把我的儿子送到寺院去。去寺院时,我们去了很多人。我们村的村长,几个德高望重的老人,还有我这边的几个亲戚,都去了。还有几个亲戚也很想去,但人数有限,就没能去成。

寺院的迎接仪式很隆重,僧侣们在寺院门口排着长长的队,吹起了唢呐和白海螺。附近村庄的信徒们也恭敬地举着哈达在路两边站立着。这阵势把我给吓着了,有种白日做梦的感觉。

到了寺院之后,我儿子被几个僧侣簇拥着进了一个僧舍,很长时间都看不见他。后来,我接触到儿子的机会就越来越少了。我心里有一种空落落的感觉。

两天之后,我们就回去了。路上,我的眼前总是浮现出我儿子那傻乎乎的样子,心想这么个傻乎乎的家伙怎么可能是大名鼎鼎的卓洛仓活佛的转世,一定是他们搞错了,想着或许过几天,寺院就会把他给送回来。

但是十天、二十天、三十天之后，寺院还是没有把我的儿子送回来，我也就逐渐地死心了，心想这个儿子可能就真的回不来了。

半年之后，寺院为我儿子举行了盛大的坐床典礼，我们很多人也去了。坐床典礼上，寺院住持还宣布了他的法名，叫洛桑丹巴，这意味着他的俗名多杰太从此就不能用了。但我还是觉得多杰太这个名字很亲切。典礼上，我突然在人群中看到了我儿子的父亲和他的女人。他们看见我就向我这边走来。我这才发现他们后面还跟着他们的两个小女儿，她俩显然已经长大了。男人显得有点激动，凑过来说："咱们的儿子被认证为卓洛仓活佛的转世了，我想也没想到啊！"他的女人也羡慕地看着我，说："你真是有大福气的女人啊。"我一时不知道说什么好。

男人依然很兴奋，说："听说今天是坐床典礼，我们就把他的两个小姐姐也带来了，拜一拜，沾沾弟弟身上的福气。"

中午，寺院招待参加典礼的信徒们吃饭。我儿子被几个僧侣抱着走出大殿大门时，还伸长脖子往我们这边看。他的表情有点疲惫，伸出小手臂，指着我们大声说："阿妈，宴会结束了你们不能走啊，你们得留下来陪我啊。"

我的心一下子像是被什么东西击中了，我再也忍不住了，眼泪夺眶而出。我放下手里的碗，头也不回地跑出了寺院的大门。

时间过得真快！那年冬天，多杰加终于回家了，还带着一个女孩子。女孩子叫央金，看上去有点腼腆，说话轻声细语的。央金说她父母是拉萨人，当小学老师。多杰加说，他们今年夏天结婚了，今年过年特意带央金回来让我看看。我对多杰加说，你遇到了一个好女孩，多杰加也说央金很好。

私下里，我问央金："多杰加长得这么难看，你怎么就喜欢上他了？"

央金笑着说："他虽然长得难看，但他是个天才，我就喜欢他这点。"

我也笑了，说："有人能喜欢上他这个丑八怪，也算是他有福气。"

央金就又笑着说："也是我的福气，除了是个天才，他心也很好。"

我心想，央金真是个好姑娘啊！

多杰加回家后一直没有问弟弟多杰太的事。晚上吃饭时，我就把多杰太被认证为卓洛仓活佛转世的事告诉了他，还把他的法名告诉了他。他说了声"我知道"，就不说话了。

大年初一，我们三个去寺院看了多杰太。看见来给他拜年的信徒们都在给他磕头，我就小声问多杰加和央金，你们要不要也拜一下啊？多杰加装作没听见，走过去坐在了炉子旁边的炕沿上，用奇怪的眼神看着在给信徒摸顶赐福的多杰太。央金跟着信徒们拜了拜，也过去坐在了炉子边上的一个小凳子上。

等信徒们拜完离开之后，我的活佛儿子就招呼管家给我们倒茶。

多杰加和多杰太坐在一起，就好像一个大人和一个小孩坐在一起。他俩坐在一起一点也不亲近，感觉是两个陌生人坐在了一起。我心里有一种说不出的难受。多杰加一直盯着多杰太的脸看，看得多杰太有点不安。多杰太让管家又给我们添了茶。

我们正在喝茶时，多杰加突然问多杰太："你真的相信你是卓洛仓活佛的转世吗？"

多杰太愣了愣，看着多杰加的脸说："相信啊。"

多杰加没再说什么，一直盯着多杰太的脸看。他的表情很奇怪，他的眼神也很怪异。

最后，多杰太有点不知所措，竟"哇"一声哭了起来。

管家过来瞪着多杰加说："你一个大人，吓唬小孩干什么？"

多杰太还在哭，管家又说他："你一个仁波切，你哭什么哭？不要再哭了！"

我也安慰他，说："多杰太，你不要哭了，哥哥是特意来看你的。"

管家提醒我说："你现在不能再叫他的俗名了。"

多杰加看了一眼管家，说了声"我先出去抽个烟"，就起来往外走了。我在那里很尴尬，央金也显得很尴尬。

过了正月十五，多杰加和央金说要带我去拉萨住一段时间。我说我不去了，家里事情多，脱不开身。

第二天，他俩就回拉萨了。

我继续过我的日子，很少听到他们的消息。

第二年夏天，寺院把我的活佛儿子送去塔尔寺学习了。他去之前，我去寺院送他。他和他的管家相处得很好，我看着就像一对父子一样。我心里有一种奇怪的滋味，觉得我和我这个活佛儿子之间的距离越来越远了。

夏天结束、秋天刚刚开始的某一天，央金又从拉萨来看我了。她来得很突然，之前也没给我捎话说要来。

央金跟我说："阿妈啦，多杰加特别希望你来拉萨住一段时间，上次你没去成拉萨，这次你可一定要去啊。他最近特别忙，特意让我接你去拉萨。"

我没有说什么，央金又继续说："多杰加这两年老是说起你，经常跟我说他对不起你，说他心里很愧疚。"

我还是没有说什么，但心里已经想哭了。

我和央金吃了晚饭，随便聊了很多。我从央金的嘴里知道了多杰加上班的医院里的很多事情。我突然有点想去拉萨了，想去看看他在拉萨生活的样子。

当天晚上，我就决定要去拉萨了。央金给我俩买了飞机票。我问央金："坐飞机去拉萨很贵吧？"央金说："再贵也坐飞机去。"

第一次坐飞机，我还真是有点不适应。飞机在天上飞了两个多小时后落下了，央金说："阿妈啦，我们已经到拉萨了。"我真的有点不相信这么快就到了拉萨。多杰加来机场接我们了。他很高兴，说："阿妈，你终于来拉萨了。"我说："我就想看看你在拉萨生活的样子。"

车开进了拉萨市区，远远看见布达拉宫之后，我才确信真的到拉萨了。但我还是有一种恍惚感。

看到多杰加在拉萨生活得很好，我就放心了。但他和央金还是没有孩子。有天晚上，我问了央金，她说："阿妈啦，我们现在还在创事业，忙不过来，过两年再说。"我说："你们忙事业，我可以帮你们带孩子啊，反正我也闲着。"央金笑了笑说："过两年再说吧。"

时间过得真快，我到拉萨已经三个月了。虽然说拉萨是菩萨的圣地，但我还是待不惯。我提出要回去后，多杰加有点生气，摇着头说："阿妈，你这人就是个吃苦的命，让你在拉萨待着享几天清福你都享不了，真是没办法！"

我笑着说："阿妈看到你和央金在拉萨生活得很好就放心了，现在该回去了，家里还有很多事。"

他们又坚持让我坐飞机回去。到了机场，我跟他们说："等你们有了孩子一定送到我那里，我帮你们好好看孩子啊。"

到了机场，我的活佛儿子和他的管家来接我了。

一见面,活佛儿子就问我:"阿妈,你怎么不在拉萨多待一段时间啊?"

我突然觉得他长大了很多,说:"该拜的地方我都拜过了,再待下去待不惯,我就回来了。"

他说:"回来也好,这段时间我也挺想念你的,以后我也要带你去一次拉萨。"

听到他的话,我很高兴,眼眶都有点湿润了。

他说他开始在塔尔寺学习了,学业很忙。他的管家让司机把我送回了老家,他们打了一辆出租车回塔尔寺了。

回到村里之后,很多人都向我投来羡慕的目光。一些婆婆妈妈的男人女人问得最多的,就是坐飞机什么感觉。我也说不出具体是个啥感觉,就说起飞和降落的时候有点害怕,心脏都塞到嗓子眼里了。

他们听得不太过瘾,看他们的表情就知道。我又说,快,就是快,两个多钟头就到拉萨了。他们好像有点明白了,说这也太快了,以前徒步去拉萨朝圣都要好几个月呢,要是磕长头去拉萨时间就更长了,一年都到不了。我也说确实是太快了,两个多小时就到拉萨了,我也不敢相信。一些男人女人就遗憾地说,我们这辈子可能是没有坐飞机去拉萨的命了,只能祈祷下辈子了。

看他们的表情,听他们的语气,我心里有一种亏欠他们的感觉,不知道该怎么安慰他们才好。

之后的几年里,两个儿子都没有回家。他们都说很忙,抽不开身,但他们时不时寄一些钱给我。

那一年多杰太已经十六岁了,他还在塔尔寺学习。多杰加已经三十五岁了,我听人说他已经是他们那个医院的副院长了,比以前更忙了。我总是在心里惦记着两个儿子,但感觉他俩离我已经很远了。

那年夏天,男人和女人还是来帮我割麦子,我们看着彼此,笑着说我们都老了。女人说他们的两个女儿,一个已经出嫁了,一个在县上读高中。我说两个女儿跟着你们一起长大,真是幸福啊。她说你才是幸福的女人,两个儿子都这么好。男人说,你现在虽然各方面条件都好了,没有个人在身边,也挺不容易的。我一下子沉默了,不知该说什么好。

快过年时,女人疯疯癫癫地跑到我家里哭了起来。我问她怎么了,她回答说,男人突然得了重病,到医院没两天就死了。我看她很悲伤的样子,就想方设法地安慰她。我心里也被一种悲伤的情绪占据了。我对她说,需要我做什么就尽管跟我说,她说男人死之前有一个心愿,就是希望他的活佛儿子能亲自给他念超度经。我问她出殡的日子是哪天,她说三天后。

我让女人先回家了,我一个人下午坐班车去了塔尔寺。

我托一个僧人把我的活佛儿子叫了出来。他看见我就说:"阿妈,你怎么来了?"我说:"你得跟我回去一趟。"他说:"我们正在上课呢,走不开。"我说:

"你必须得跟我回去一趟。"他问:"家里出了什么事情?"我说:"你阿爸死了,你得回去为他念超度经。"他愣了一会儿,说:"你从来没有跟我说过我的阿爸是谁。"我说:"我有我的苦衷,现在他死了,你得去为他念超度经,这是他的心愿。"他有点冷漠地说:"但是我从来没见过他。"我说:"他见过你,坐床典礼那天他还专门去看过你,有你这样一个儿子他很骄傲。"

在男人出殡那天,他带着几个僧人来念了超度经。男人的尸体被众人抬着往外走时,女人们哭了起来,大家的表情都很悲伤。我注意到坐在僧人们中间念经的我的活佛儿子表情也很悲伤。

我的活佛儿子和僧人们准备回寺院时,我把男人和女人的两个女儿叫到他面前,说:"这两个是你同父异母的姐姐,以后她们有什么事,你要好好地照顾她们。"

两个姐姐小声地啜泣着,他抓住她俩的手不断地安慰着。

第二年夏天,女人带着两个女儿又来帮我割麦子了。两个女儿很能干,说你俩年纪大了,应该多多休息。我们两个女人就烧茶做饭,到了中午把热乎乎的饭菜送到地头让她俩吃。吃了午饭,我俩也帮着她俩割了一会儿麦子。她俩不让我俩割麦子,让我俩好好休息。

我刚要坐下来时，突然一阵晕眩，倒在地里起不来了。

女人和她的两个女儿喊来村里的几个小伙子，把我放到一辆拖拉机上送到了乡卫生院。乡卫生院的说，这个病他们治不了，得赶紧送到县上的医院。这时候，我们村的村长也到了，他们又把我放到拖拉机上送到了县上的医院。县上的医院又说，这个病他们也治不了，得赶紧送到省上的医院。村长很生气，问他们是不是在推卸责任，他们的一个老医生语重心长地说，他们不是推卸责任，是为了病人好。

之后，医院用救护车把我送到了省上的医院，只让村长一个人跟着。路上，救护车的声音让我心烦意乱。我问村长，我是不是得了什么大病啊？村长说，没事的，放心，省上的大医院，没有啥治不了的病。到了省医院做了各种检查之后，医生问村长：你是不是这个病人的家属？村长说，我是村长，不是病人家属。医生又问我的家属在哪里，村长说我的两个儿子都不在身边。医生就把村长叫进了一个办公室。

过了好久，村长从医生办公室里出来了。他看上去有点沮丧，问我有没有两个儿子的电话号码。我问村长刚才医生怎么说的，村长却再次问我有没有两个儿子的电话号码。我把两个儿子的电话号码给了村长。村长说他去街上打个电话，让我好好休息。村长拿着电话号码出去了，我突然有了一种不祥的预感。

过了一天，我的大儿子多杰加从拉萨坐飞机来看我了。他请村长在外面吃了顿饭，就让村长先回去了。

我大儿子见过医院的大夫之后对我说："阿妈，咱们需要去成都治疗，那儿有我认识的医生，医疗条件也比这里好一点。"

我直接问："儿子，你说实话，阿妈是不是得了什么不好的病啊？"

他说："没事，不是什么大病，能治好的。"

我问："央金这次没有来吗？"

他说："她这段时间有点忙，过两天到成都看你。她让你好好养病。"

我又笑着问："你俩怎么还没要个孩子啊，我一直等着帮你们看孩子呢。"

他说："我们暂时不打算要孩子，等以后事业稳定下来再说。"

我说："你已经三十五了，再不要孩子就太晚了，到时我也没精力帮你们看孩子了。"

他只是看着我，没再说什么。

第二天，我们坐飞机去了成都的医院。

那里的条件好像确实是好一点，多杰加好像跟他们也很熟，不停地跟他们说着一些我听不懂的话，又不时用眼睛看看我。

晚上，我问他多杰太怎么还没到，他说，多杰太正在参加格西学位的考试，明天就来。

过了一天，我的活佛儿子多杰太也赶来了。他没穿僧服，穿着一套便装，走过来坐在我的病床前，看着我流出了眼泪。

我悄声说："你不能随便流眼泪啊，你要记住你是个活佛。"

他脸上带着泪笑了笑，看了看周围，说："怕什么，他们又不认识我。"

我问他的格西学位考得怎么样，他说没那么难，他很容易就拿到了。

晚上，他俩一直守在我身边。

他俩随意地聊着天。

多杰加问多杰太："多杰太，我还可以叫你多杰太吗？我是你哥哥，我不想用你活佛的称呼叫你，我叫你多杰太觉得很亲切。"

多杰太说："这个名字我也有点陌生了，但是阿妈一直叫我这个名字，我也觉得这个名字更亲切一点。"

多杰加笑了笑，说："你现在还认为你就是卓洛仓活佛的转世吗？"

多杰太说："我记得你以前也问过我这个问题。"

多杰加盯着多杰太的脸："是，很多年前我也问过你这个问题。"

多杰太笑着不回答。

多杰加催他："快回答我的问题。"

多杰太这才认真地说："自从那次你问我这个问

题之后，我就一直在想这个问题。有时候，我也很恍惚，想是不是人们搞错了。但是再后来我又想，这些已经不重要了，既然有人给了我这个尊贵的称号，我自己一定要努力，才能配得上这个尊贵的称号。"

多杰加就盯着多杰太的脸看。

多杰太笑了，说："求你不要再那样看我了，我记得小时候你那样看我，把我给看哭了。"

多杰加就笑了，说："你现在已经长大了。"

多杰太说："当然，我不会再像那时候那样哭了。"

多杰加很认真地说："现在我倒是真正觉得，你就是卓洛仓活佛的转世啊。"

多杰太笑着说："你这样说我很高兴，我就把自己当作卓洛仓活佛的转世，好好学习，以后好好为信徒们做点有意义的事情。"

这一刻，我觉得我的两个儿子是那么地亲近。他们坐在我的床沿，离我也是那么地亲近。我心里想，我这一辈子，有这样两个儿子真好！

他俩还在聊着天，我有点困了，就闭上了眼睛，打算休息一会儿。

我听到多杰太对多杰加说："阿妈睡着了，我们出去说话吧。"

听到这话，我的困意又一下子没有了。他们出了病房的门，在外面的走廊里继续闲聊着。过了一会儿，我听到多杰太压低声音问多杰加："说句实话，阿妈的病有没有治好的可能性？"

我听到多杰加犹豫了一下说:"阿妈最多还有一个月的时间。"

多杰太停顿了一会,说:"既然你们的医学救不了她,就不要让她在医院里受苦了。我们带她去拉萨吧,她一定会很高兴的。"

多杰加说:"可是阿妈已经去过拉萨了。"

多杰太说:"我知道,那是你带阿妈去的拉萨。我也许诺过,要带阿妈去一趟拉萨。"

多杰加说:"阿妈其实在拉萨待得不太习惯。"

多杰太说:"那是没人陪着她,这次去了我们好好陪一下阿妈。"

多杰加没再说话。我的心里突然涌起一种莫名的感动,泪水不听话地夺眶而出。

第二天,央金也到了。我从她的脸上看到了她心里的伤感。

我却笑着跟她说:"我一直等着帮你们看孩子呢。"

她的眼泪涌出了眼眶,说:"我们回去就生。"

他们买了后天去拉萨的飞机票。

第二天,办完出院手续,他们就带着我去外面逛。到了一个自由市场门口,央金对我说:"阿妈啦,进去了你喜欢什么就跟我们说,我们都买下来。"

我笑着说:"我什么也不需要。"

我们去了市场里面,各种东西琳琅满目,让我目不暇接。他们把我带到卖衣服的地方，拿来各种衣服让我试，我说我不要新衣服，身上这身衣服还可以穿个两三年。最后，央金给我挑了一件适合我这个年龄穿的衣服，买了下来。他们让我把旧衣服脱下来，把新衣服穿在了身上。他们都说这件衣服很合身，就像专门定做的一样。

他们又带我去了食品区，问我有没有什么想吃的。各种食品也是琳琅满目，让我看花了眼。央金说着这个好吃、这个也好吃，挑了很多食物。我们到了一个卖各种糖果的柜台，柜台上摆满了各种各样的糖果。

我的视线突然被一种看上去很普通的糖果吸引住了，觉得曾经在哪里见过这种糖，很眼熟。我走过去，拿起一颗糖仔细地看。突然间，我想起来了：那是许多年前，当我还是一个少女时，卓洛仓活佛塞到我手里的那种糖。

一个胖乎乎的售货员过来问我："要买这种糖吗？"

我点了点头。

售货员就拿来一包一模一样的，说："水果硬糖，划算，一包才十块钱。"

这时，央金过来说："阿妈啦，你想吃糖的话给你买个好一点的，这种糖不好，现在都没人吃这种糖了。"

我说我就要这种糖。央金看了看我，没说什么，掏出钱包准备付钱。我阻止了她，说："这个糖便宜，就让阿妈自己买吧。"

央金就没说什么。我从裤兜里拿出钱包，取出十块钱，给了售货员。售货员把那包糖给了我。

出了自由市场的门，我撕开那包糖的塑料包装袋，说："来，你们尝尝这种糖。"

他们都有点不太情愿的样子，谁也没有拿糖。

多杰加还说了一句："阿妈，现在谁还吃这种糖啊，看看这包装，像个假冒的，这种糖肯定不好吃。"

我看着他们，说："阿妈小时候吃过这种糖，你们也尝尝吧。"

我剥了一颗糖，放进了嘴里。

他们也学着我的样子，每人拿起一颗糖，剥了糖纸，仔细看了看，小心地放进了自己的嘴里。

我嘴里含着糖，说："你们不要把糖一下子嚼碎了，一定要含在舌头底下，慢慢地品尝它的味道。"

我看他们都照我说的做了，各自把糖含在舌头底下慢慢地、细细地品尝着。

过了几分钟，我说："来，现在说说，你们都尝到了什么味道？"

多杰加说："我尝到了一种酸酸的味道，一开始是淡淡的，现在越来越浓了。"

央金说："我尝到了一种甜甜的味道，一开始是淡淡的，现在越来越浓了。"

多杰太说："我尝到了一种苦苦的味道，一开始是淡淡的，现在越来越浓了。"

我看着他们，笑了。他们也看着我，笑了，说："这种糖以前从来没有吃过，吃起来味道还挺特别的。"

我还是看着他们笑。这时，央金问我："阿妈啦，你尝到的是什么味道？"

我想了想，说："一开始尝到的是一种淡淡的酸酸苦苦的味道，慢慢地就变成了一种淡淡的甜甜的味道了。"

央金说了声"我也要尝尝你那种糖的味道"，就在装糖的塑料袋里翻找起来。

就让阿妈自己买吧。"

央金就没说什么。我从裤兜里拿出钱包，取出十块钱，给了售货员。售货员把那包糖给了我。

出了自由市场的门，我撕开那包糖的塑料包装袋，说："来，你们尝尝这种糖。"

他们都有点不太情愿的样子，谁也没有拿糖。

多杰加还说了一句："阿妈，现在谁还吃这种糖啊，看看这包装，像个假冒的，这种糖肯定不好吃。"

我看着他们，说："阿妈小时候吃过这种糖，你们也尝尝吧。"

我剥了一颗糖，放进了嘴里。

他们也学着我的样子，每人拿起一颗糖，剥了糖纸，仔细看了看，小心地放进了自己的嘴里。

我嘴里含着糖，说："你们不要把糖一下子嚼碎了，一定要含在舌头底下，慢慢地品尝它的味道。"

我看他们都照我说的做了，各自把糖含在舌头底下慢慢地、细细地品尝着。

过了几分钟，我说："来，现在说说，你们都尝到了什么味道？"

多杰加说："我尝到了一种酸酸的味道，一开始是淡淡的，现在越来越浓了。"

央金说："我尝到了一种甜甜的味道，一开始是淡淡的，现在越来越浓了。"

多杰太说："我尝到了一种苦苦的味道，一开始是淡淡的，现在越来越浓了。"

我看着他们,笑了。他们也看着我,笑了,说:"这种糖以前从来没有吃过,吃起来味道还挺特别的。"

我还是看着他们笑。这时,央金问我:"阿妈啦,你尝到的是什么味道?"

我想了想,说:"一开始尝到的是一种淡淡的酸酸苦苦的味道,慢慢地就变成了一种淡淡的甜甜的味道了。"

央金说了声"我也要尝尝你那种糖的味道",就在装糖的塑料袋里翻找起来。

一只金耳朵

哥哥只差三天就小学毕业了，真是可惜啊！

那天的课间操，他和他的同桌在操场里玩，也不知为了什么，突然间两人就打起来了。

哥哥身强体壮、四肢发达，性子急，三下两下就把他的同桌给制服了。哥哥坐在同桌的胸口上，用重重的屁股压着他，喘着粗气问："你现在服不服？"

哥哥的同桌嘴硬，不服软，说："就是不服，我凭什么服你！"

哥哥一气之下，一口咬掉了同桌的一只耳朵。

哥哥有点不知所措，但还是站了起来，把那只咬下来的血肉模糊的耳朵拿在手上，仔细看了看，喘着粗气，问正躺在地上一脸呆滞的同桌："你现在服不服？"

有一会，哥哥的同桌都没反应过来发生了什么事。他看到哥哥手上血肉模糊的耳朵，再摸了摸自己的耳朵，一下子反应过来发生了什么事，立即"妈呀"一声，号啕大哭起来。他哭了很长时间。最后哭到嗓子都干了、再也哭不出声来的时候，他才狼狈不堪地爬了起来。哥哥也像是傻了一样，愣愣地看着他的同桌。哥哥的同桌抢过哥哥手上血肉模糊的耳朵，边走边恶狠狠地说："就是不服！就是不服！有本事你等着，我去叫我爸爸来！"

学校里的学生平时谁也不敢惹哥哥的同桌，因为哥哥同桌的爸爸是我们这儿的派出所所长。那个所长喜欢把抓起来的人用手铐铐在马路边的电线杆子上，让来来往往的路人看。别说是我们这些小学生，就是我们这儿的大人也都很怕他。

我哥哥没等他同桌把他的爸爸带来，就跑得无影无踪了。最后，哥哥的同桌和他的爸爸也没有来。

三天之后就是哥哥他们那个班的毕业典礼了。哥哥的同桌带着他的派出所所长爸爸来了。他的爸爸穿着那身威严的制服，上衣的纽扣都扣得死死的，手铐挂在腰带上，露出一点，晃来晃去的，挺吓人。他们也是来参加毕业典礼的，到的时候，毕业典礼已经开始一会了，校长正在上面讲着话。哥哥同桌的头用纱布包着，看不到他的耳朵。我很好奇哥哥同桌的那只耳朵怎么样了，但就是没办法知道。

发毕业证的时候，他们班的班主任脸色一片苍白，露出担忧之色。他们班的班主任是个女的，胆子很小，有时候晚上补课晚了，总是让她的男人来接她。她男人不在时，就让我哥哥等几个身强体壮的学生送她回家。她念到哥哥同桌名字的时候，声音有点发抖。哥哥同桌的派出所所长爸爸面无表情，远远地看着她。这让她不知所措，显得更加紧张。哥哥的同桌上来领毕业证时，她突然问了一句："你的耳朵没事吧？"哥哥的同桌回头看了一下他的派出所所长爸爸，说："有事，谁说没事？"这弄得班主任更加不知所措了。

哥哥的同桌领完毕业证，就回到了他的派出所所长爸爸身边，派出所所长在很严肃地看他儿子的小学毕业证书。这时，校长也从学生堆中挤过来，像个小学生一样站在派出所所长面前，说："所长同志，我们已经严厉处分了那个违反学校纪律的坏学生。"

派出所所长盯着校长的脸看了一会儿，盯得校长都有点不知所措了，像个知道自己错了的小学生一样低下了头。

派出所所长突然问："你们是怎么处分他的？"

校长立即说："我们已经把他开除学籍了！"

我一直在边上看着他们。听到这话，我跑过去对校长说："你不能开除我的哥哥！"

派出所所长看着我，问："这个小屁孩是谁？"

校长回答说："是那个坏学生的弟弟。"

派出所所长问："是他的亲弟弟吗？"

校长说："是，是他的亲弟弟。"

派出所所长就看着我，说："小孩子要诚实！老实交代，你哥哥现在在哪里？"

我不假思索地说："我也不知道呢！我也天天在找他呢！"

哥哥的同桌威胁我说："你要是敢撒谎，我就让我爸爸把你抓起来，铐在马路边那个电线杆子上，让路过的人看！"

派出所所长也目光凶狠地盯着我看。

我立马就吓得屁滚尿流了，战战兢兢地说："我真的不知道我哥哥去哪儿了啊！"

派出所所长盯着我看了一会儿之后，又盯着校长的脸，问："你也不知道他现在在哪里吗？"

校长愣了一下，说："不知道，真的不知道，要是知道肯定就抓起来送去派出所了。"

校长顿了顿，又说："他肯定是给吓跑了。"

派出所所长说："他都让你们给放跑了，你们开除他还有什么用？这不是在装样子给我看吗？"

校长紧张起来，说："他应该是在咬掉你儿子的耳朵之后就跑了的，我们也到处找过他，但是完全找不到了，他无影无踪，就像是从空气里蒸发掉了。"

派出所所长冷笑了一声，说："蒸发了？你还真能想象！一个大活人随随便便就能蒸发掉吗？"

校长说："可能是我用词不当，表述不准确。准确地说，就是我们怎么找也没有找到他。"

派出所所长问："你们当时为什么不报案？"

校长像是找到了一个给自己下的台阶，立即说："当时你儿子不是直接去找你了吗？我们以为他顺便也报了案呢。"

派出所所长问："那一样吗？"

校长说不出话来。

派出所所长继续说："你这是严重失职啊！我得向书记和乡长汇报汇报这件事。"

说完，他就领着儿子走了。他们走后，校长陷入了长久的惶恐之中。我看见他一整天都在学校院子里的那块草坪上走来走去，一根接一根地抽烟。

毕业活动全部结束后，我找到哥哥的班主任，问她:"我哥哥怎么没有毕业证呢?"

哥哥的班主任叹了一口气,说:"你哥哥都被学校开除了,哪还有什么毕业证啊?"

我说:"他不是差三天就毕业了吗?"

哥哥的班主任答非所问:"你真的不知道你哥哥去了哪儿吗?"

我说:"我真的不知道啊。"

哥哥的班主任从我脸上的表情看出我没撒谎,就没再继续问。

暑假期间,我又见到了哥哥的同桌。哥哥同桌头上的纱布完全不见了。我记得哥哥咬掉的是他右侧的耳朵。我远远地看了他一眼,他右侧的耳朵还在,但有点怪怪的。他也看见了我。他从远处恶狠狠地盯着我。我有点害怕他会走过来打我,就跑掉了。后来,我听别人说,那天他爸爸把他带到县上的医院里,医生给他装了一只假耳朵。我感到很惊奇,感到大惑不解,想怎么还可以装一只假耳朵来代替真耳朵呢?我还想,要是假耳朵真的可以代替真耳朵,哥哥不跑,也许也没什么事呢。后来,我也就没再多想,反正哥哥已经消失得无影无踪了。过了两年,哥哥还是没有回来。

那一年夏天,我小学毕业了。毕业那天,阳光明媚,我把毕业证拿在手上,脸上没有笑容。哥哥的班主任走过来,叹了一口气,说:"当时你哥哥要是不跑就好了,他要是不跑也许能拿到一份跟你一模一样的毕业证呢，也许事情也不至于到那么严重的地步呢。"

我叹了一口气，说："不要再提他了好吗？他都丢下我一个人，自己跑得无影无踪了，他还算是我亲哥哥吗？说实话，我现在都有点记不清他长什么样了！我担心，他是不是早就死在什么地方了，只是我们都不知道而已！"

哥哥的班主任看着我，说："你将来一定要有出息，不能像你哥哥一样。"

我说："我不想再继续念书了，我要去挣钱，自己养活自己。"

哥哥的班主任说："如果你想继续念书，我可以帮你。"

我想了几天，决定不再继续念书了。

我和我哥哥从小就没有了父母，也没有什么人照顾，就像两株野生的植物一样，在山野里慢慢地成长起来了。哥哥不见了踪影之后，哥哥的班主任可怜我，对我很好，想尽办法照顾我，让我顺利念完了小学。因此，我心里一直都很感激她，觉得她是我一辈子都要感激的人。

后来，我听说，哥哥的同桌去上了一个中专的警校，是他爸爸安排他去的。还听说，他毕业回来要当他爸爸的接班人。他爸爸已经快六十岁了，也需要一个接班人，我想。我有时候在街上看见哥哥同桌的爸爸，他头发都有点花白了，也没有以前那么精神了。

但他依然穿着那身威严的制服，手铐挂在腰带上，晃来晃去，上衣的纽扣扣得死死的，很严肃，这些一直都没有变。

小学毕业之后，我就开始跟社会上的各种人混，经常跟人打架，有时候我们把人家打得头破血流的，有时候人家把我们打得鼻青脸肿的。有时候混得很好，有时候混得很差。混得很差的时候，连口饭也吃不上，我也就跟着那些人偷东西、抢东西。一些人把我们称为小混混，但我觉得我不是小混混。我几乎一次也没被人抓住过，我总是有办法让别人抓不住我。我害怕被人抓住送到派出所里面。我想如果我被抓住送到派出所里面，哥哥同桌的爸爸肯定不会放过我，肯定会把我用手铐铐在马路边的电线杆子上，让来来往往的人看。我是个死要面子的人，这一点我肯定受不了的。

那年夏天，哥哥的同桌从警校毕业回来了。听说他在警校的成绩和表现都很优秀，毕业时，他获得了警校优秀毕业生的称号。听说他是自愿回到我们这个乡的派出所的。他回来没多久，他的爸爸就光荣退休了。之后，他当上了我们这里的派出所所长，一切似乎都顺理成章。

他的作风似乎比他爸爸更加雷厉风行。他也喜欢把抓到的一些人用手铐铐在马路边的电线杆子上，让路过的人观赏。他还让人家光着脚丫子站着，两三天不让吃饭。很多人说,他这一点比他爸爸还厉害。他接任派出所所长没过半年,我们这里一个偷了别人家一只鸡的家伙,就因为受不了这样在大庭广众之下被羞辱,跳进黄河自杀了。

那年冬天快过年时,哥哥突然回来了,还带来了一个妖里妖气、花枝招展的女人。

我们见面后,一时都不知道该说什么,有点尴尬。突然,哥哥使劲拍了一下那个女人的大屁股,对我说:"这是你将来的嫂嫂,以后咱们就是一家人了!"

那个女人对着我笑了一下,但是笑得很假。

我看着那个女人的脸,没有笑,也笑不出来。

那个女人的嘴唇红得像涂了猪血一样,我一点也看不惯她。

哥哥盯着我看了一会,说:"现在你也长大了,这几年哥哥一直都想着你呢。"

我不知道他说的是不是真话。我仔细地看他的脸,他的脸显得有点陌生。我记忆中的那张哥哥的脸不见了。

哥哥的眼眶几乎快要湿润了。他怪异地笑了一下,说:"今年咱们好好过个年。明天咱们去县城买年货。"

那年过年,我们放了很多鞭炮。各种花炮在我们村子的上空炸开,几乎把整个村子都照亮了。村里人都知道我的哥哥回来了,还带回来一个嘴唇鲜红、屁股很大的女人。

大年初三那天早上,我还在睡觉,哥哥把我给叫醒了。哥哥说:"你跟我去一个人家。"

我揉着眼睛问:"去谁家?"

哥哥说:"去我小学同桌家,你知道他家在哪里吧?"

我一下子清醒了,问:"你还敢去他家?"

哥哥轻描淡写地说:"有什么不敢去的。"

我说:"他现在可是我们这儿的派出所所长!"

哥哥说:"那更要去。"

我想了想,没有明白哥哥是什么逻辑,就说:"他们家不在原来那个地方。"

哥哥问:"那现在在哪里?"

我说:"听说在一个新的小区里面,具体我也不知道。"

哥哥说:"快起来,你带路,到了再问。"

我俩走到外面时,天上飘着雪花。远处的山上已经积了一层薄薄的雪。

路上全是泥。我们七拐八弯就走到了那个小区,问了一下门卫就马上问到了。

我们敲了哥哥同桌家的门,很快门就开了。来开门的正好是哥哥的同桌。哥哥的同桌马上就认出了他,怔怔地看着他。

哥哥脸上的表情有点不自然,笑了笑,说:"我来给你拜个年。"

哥哥的同桌犹豫了一下，说："我听说你回来了，大伙儿都在说今年你家的花炮好看。"

哥哥说："回来也就几天，这不就给你拜年来了吗？"

哥哥的同桌说："听说还带回来一个城里的老婆？"

哥哥笑笑，说："嘿，不是什么老婆，只是女朋友而已。"

哥哥的同桌笑着问："这几年在外面发大财了吧？"

哥哥说："也没发什么财，就是跟在人家屁股后面瞎混混而已。"

这时，一个丰满的女人过来说："谁啊？怎么不进来？"

哥哥的同桌马上说："哦，是我一个小学同学。"

那个丰满的女人说："那进来吧，进来吧，站在门口多冷啊。"

哥哥的同桌也不知所措地说："进来，进来，进来坐吧。"

里面有很多人，都是来给哥哥的同桌拜年的。他家的茶几上、地上、沙发后面都堆满了各种礼品。

那个丰满的女人给我俩倒了茶，哥哥的同桌指着丰满的女人说："介绍一下，这是我老婆。"

哥哥马上说："一看就是很有福气的女人。"

那个丰满的女人好像没有听到哥哥的话，走到一边招呼别的客人去了。

哥哥的同桌也转过去招呼那些客人，似乎把我俩给忘记了。

看着那些客人说着各种醉话，我感到很无聊，说："哥哥，咱俩什么时候走啊？"

哥哥瞪了我一眼，说："再等等，等客人们走了咱俩再走。"

那个丰满女人没再给我俩倒茶，直到那些客人都走了。

哥哥的同桌把客人们送走之后，才记起了我俩似的过来说："你们还有什么事吗？"

哥哥马上从上衣口袋里掏出一个精致的盒子，递到同桌手里，说："这些年我心里一直都很愧疚，这是我的一点心意。"

哥哥的同桌看了看哥哥手里精致的盒子，问："这是什么？"

哥哥打开了盒子，里面是一只做工精致的金色的耳朵。

哥哥的同桌似乎被吓着了，嘴里发出一种怪异的声音，从沙发上跳起来，看着哥哥，问："你这是什么意思？"

他的老婆也被这怪异的声音吸引了过来，她也惊叫了一声。

哥哥把那只金色的耳朵拿在手上，说："这是一只纯黄金打造的耳朵，一点心意，为了弥补那时候因为自己一时冲动给你造成的伤害。"

这时，哥哥同桌的爸爸也颤巍巍地从旁边一个卧室里出来了,脸上有点老年痴呆的样子。他看了一眼哥哥,似乎没有认出他来。他又看了一眼哥哥手里的金耳朵,警觉地对哥哥的同桌说:"是不是有人给你送礼来了,这种东西可千万不能收啊!"

哥哥的同桌陷入了沉思之中,不说话。哥哥把那只金耳朵拿在手里,四处看看,不知道该怎么办。

这时,那个丰满的女人像是完全反应过来了,指着哥哥的脸说:"原来你就是咬掉我男人耳朵的那个家伙!终于见到你了!你知道你把我男人害得多惨吗?你知道当初他在学校里有多自卑吗?同学们都在暗地里笑话他,就是因为你咬掉了他的耳朵!"

之后,她又指着哥哥同桌的假耳朵说:"他这只耳朵现在几乎什么都听不见了,都快要聋了!"

我这时仔细看了一下哥哥同桌的假耳朵,它确实跟真耳朵不一样,一眼就能看出来,感觉很怪异。

那个丰满的女人继续说:"要不是大过年的,我今天真想把你的耳朵咬下来!"

哥哥慌了,一下子不知所措起来。我从来没见哥哥这样慌张过。哥哥一个劲地说:"对不起,对不起,那时候真的是年少无知!"

那个丰满的女人有点歇斯底里地喝起来:"滚,快滚!赶快从我家里滚出去!"

哥哥的同桌似乎什么也没有听到,还在沉思着什么。

哥哥慌乱地把手里的金耳朵放在前面的茶几上,

站起来慌慌张张地跑出了同桌家的大门，我也跟着哥哥跑了出去。

一直到大年十五，哥哥都窝在家里没有出门。他天天都喝很多酒，把自己灌得不省人事。哥哥那个妖里妖气的女人也天天跟着他喝醉。她似乎还很仗义，每天都说："你心情不好想喝酒，我就陪你喝，你喝多少我就陪你喝多少！"

他俩每天都醉着，一醒来又接着喝，周而复始。

我以为过了十五，哥哥就不喝了，但他还是老样子，每天都喝得不省人事。

有天早晨，哥哥喝酒时，他的女人没有陪他喝。她把自己的嘴唇涂得红红的，坐在一边看着哥哥喝酒，想着什么。我不知道她在想什么，就出去给他们买吃的东西了。

我回来得晚，回来时哥哥已经喝醉了，躺在床上呼呼地打着呼噜。我把一些吃的东西给了哥哥的女人，让她吃。她连看都不看一眼，继续想着什么。

第二天早晨，哥哥醒来那会儿，我听见她对哥哥说："这个地方我实在待不下去了，我要走了。"

哥哥没有什么反应。

她又说："你要不要跟我一起走，离开这里？"

哥哥还是没有什么反应。女人沉默了一会，开始收拾自己的东西。东西不多，她很快就收拾好了。她只是看了一眼哥哥就走了，之后再也没有回来。

哥哥继续喝酒,每天都喝得不省人事。我继续跟我那帮小混混瞎混,当然每天还要照顾我哥哥。

那天也是时运不佳,不该发生的事发生在我身上了。小混混们手头缺钱,就做好计划去抢乡政府附近的一家杂货铺。那时候我已经不缺钱花了,哥哥每天都给我一点,虽然不多,也够花。现在小混混们缺钱,想抢钱,我也不能躲开吧,毕竟我们也一起出生入死过。我们都蒙着脸,保证谁也认不出我们。我们抢完钱和东西,从杂货铺里面跑出来时,一个前几天刚入伙的新手一紧张,不小心把门给关上了,把我关在了里面。那天也是怪了,我怎么也没有打开杂货铺的门。杂货铺的主人早就从后门溜出去报了警。小混混们听到有警车的声音从远处向这边传来,就丢下我跑了。很快,我就被带到我们乡的派出所里去了。

派出所的几个民警用各种方法让我说出同伙的名字,我什么也没说。我们之前有个约定,就是无论在什么状况下,都不出卖彼此,为此还十分郑重地发过誓。

他们意识到不太可能从我嘴里问出什么,就准备正式拘留我了。

那天,派出所里只有我和哥哥的同桌两个人。我被铐在一块暖气片上,哥哥的同桌坐在一把椅子上。

哥哥的同桌看着我,说:"你是我同桌的弟弟,我当然会帮你,就看你哥哥愿不愿意帮你这个亲弟弟了。如果他不愿意帮你,那我也没办法,到时候只能用手铐把你铐在马路边的电线杆子上，让过往的人观赏了。"

我看着他，没有说话，心里其实很害怕。

哥哥的同桌打开了一瓶啤酒，一口气就喝掉了一半。他打了几个嗝，又把剩下的一半给喝掉了。他把啤酒瓶子扔到一边的垃圾桶里，说："你不要害怕，我已经捎话给你哥哥了，他应该也快到了。"

没过多久，哥哥真的来了。

哥哥的同桌笑着说："我还以为你不来了呢。"

哥哥笑着说："我怎么可能不来呢？只是昨晚喝多了，醒来有点头痛，就又喝了几口，现在好多了。"

哥哥的同桌说："呵呵，来了就好，来了就好。"

哥哥问："说吧，我怎么样才能把我的弟弟带走？"

哥哥的同桌笑着说："你说说看，你觉得怎么样才能把你亲亲的亲弟弟带走呢？"

哥哥说："你要我怎样都可以，你说吧。"

哥哥的同桌把我关进旁边的一个小屋子里，透过门上的玻璃窗，我可以看到他们俩。

哥哥的同桌又打开了一瓶啤酒，喝了一大口，说："我说出来有什么意思，你自己想得到才算有意思。"

哥哥说："我知道你要什么，你过来把我的耳朵咬掉吧，我不做任何反抗。"

哥哥的同桌说："咬掉一个人的耳朵多恶心啊，

我可干不了这么野蛮的事情。"

哥哥问:"那你想怎么样?"

哥哥的同桌喝了一口啤酒,打开抽屉翻了一会儿,从里面翻出一个小小的水果刀,扔给哥哥,然后看着他。

哥哥也不说什么,拿起水果刀,不假思索就割下了自己的右耳朵。

我从那个小屋门上的玻璃窗里看着正在发生着的一切,感觉就像在看一场电影。

哥哥把割下来的耳朵拿在手里,走过去说:"给你,这下好了吧?"

哥哥的同桌往后退了两步,说:"千万不要拿到我的眼前,我看见这个东西就恶心。"

随后,他打了一个呼哨,一条狼狗就跑了进来。狼狗看着他俩,翕动着鼻翼,闻到了血腥味。

哥哥的同桌说:"你知道你那时咬下来的我那只耳朵最后怎么着了吗?"

哥哥说:"不知道。"

哥哥的同桌说:"我和我爸爸赶到县医院时,医生说你们来得太晚了,已经接不上了。我爸爸又问了一句:'医生,真的没有什么办法了吗?'医生说:'真的没办法了,只能等他好了之后给他装个假耳朵了。'我爸爸说:'假耳朵有什么用?'医生说:'假耳朵虽然没有真耳朵的功能,但是装上它美观大方,不会影响人的形象和气质。'我爸爸问:'那这个东西就没什么用了吗?'医生说:'没什么用了,过两天就腐烂了。'这时,我爸爸看见那只一直跟着他的狼狗在旁边看着他,就随手把他手里的我的血肉模糊的耳朵扔到了狼狗前面的地上。狼狗一口就把我的耳朵给吞下去了,喉咙里发出了一声奇怪的声响。"

说到这儿,我哥哥说:"我明白你的意思了。"

我哥哥把自己血肉模糊的耳朵扔到了狼狗前面的地上,狼狗一口把那只耳朵给吞下去了。之后,那只狼狗还跑到哥哥身边闻个不停。哥哥把自己带血的那只手伸过去让它舔。哥哥的手被舔得干干净净的,像是用清水洗过了一样。

哥哥的同桌看着狼狗,说:"我当时看着那只狼狗把我的耳朵吞下去了,杀了它的想法都有!"

他又看着我哥哥,说:"你现在什么想法?是不是也想把这只狼狗给杀了?你要是有这个想法,我可以把我的枪借给你。"

哥哥被割掉的耳朵的部位还在滴着血。他说:"没有没有,我没有什么想法,我不想杀这只狼狗,你赶快把我的弟弟放了吧。"

哥哥的同桌说:"不错,不错,我还是挺佩服你的。"

当时,哥哥的同桌就派了一辆警车,亮着警灯,鸣着警笛,把我俩送到了县医院。

县医院的医生给哥哥清洗包扎好伤口,说:"等你痊愈了就给你装一只假耳朵,跟真的差不多。"

哥哥想了想，说："能不能给我装一只金耳朵啊？纯金的。"

医生哈哈大笑，说："不能，不能，这不可能。金耳朵，亏你想得出来！再说就算可以装，你有那么多钱吗？"

那个医生走后，哥哥说："这里的医生不行，咱们还是去省上的大医院吧。"

我们就从医院出来，到银行取出一大笔钱，装在一个皮箱里，包了辆出租车去了省城的医院。

那时候，我才知道哥哥有很多钱。我问哥哥这些钱是哪里来的，哥哥笑着没有回答。我又问，你那个女人知道你有这么多钱吗，他笑着说当然不知道，她要是知道，就肯定不会离开我了。

可想而知，到了省城的医院，哥哥也没能装上金耳朵。哥哥有点失望。但是医生给他装上了据说是最贵的假耳朵。哥哥摸着那只假耳朵说："就是不一样，这进口的东西就是好！"

我突然想到什么似的说："真奇怪，那天你在派出所用水果刀割下自己耳朵的时候，我居然没有一点感觉。"

哥哥想了想，说："我能理解你。"

我问："你是怎么理解我的？你能理解我什么？"

哥哥说："算了，不说这些了。你说实话，这个东西你看着像不像一只真的耳朵？"

我看着确实有点以假乱真的感觉，就说："有点像，这是什么东西做的？"

哥哥很内行似的说："这是硅胶做的，进口的。"

我又问硅胶是个什么东西，他又尽他所能给我讲了硅胶是个什么东西。

那时候，我才知道假耳朵是用硅胶做的。

一个月以后，哥哥痊愈了。我们就包了辆出租车直接去了他的同桌那儿。

那天，派出所里也只有他同桌一个人，他正在外面的院子里喝啤酒。哥哥的同桌很惊讶地走过来看我哥哥的假耳朵。

哥哥笑着说："我现在跟你一样了，也装了一只假耳朵。"

哥哥的同桌摸了摸哥哥的假耳朵，笑了笑，说："你这只假耳朵质量还挺好的，感觉比我的好得多。"

哥哥很熟练地把自己的假耳朵取下来，递到同桌手里，笑着说："怎么样，我这次找了省医院最好的大夫，他给我装的是进口的。你要是喜欢，我也让他给你装一只一模一样的怎么样？"

哥哥的同桌赶紧把假耳朵还给哥哥，说："不必了，不必了，你告诉我怎么能找到那个医生就可以了，这个我们可以报销的。"

哥哥动作熟练地把假耳朵装回去，说："那好，那好，当个国家干部就是好，可惜我们没有那个命。"

哥哥的同桌说："哎，也就那样，其实也没什么好，就是看病有个保障而已。"

哥哥说："当然是国家干部好。"

哥哥的同桌有点没话找话似的说："对了，我有点好奇，这些年你都跑到哪里去了，怎么一点消息也没有？"

哥哥说："哎，我就随便在外面晃了晃，看了看外面的世界，也吃了不少苦头呢。"

哥哥的同桌看着哥哥，说："是，是，在外面混确实不容易啊。"

哥哥马上说："我还去过你读中专的那个城市呢。有一次在一个酒吧里，我还看见你和几个年轻人在一起喝着酒，唱着歌，你们很开心的样子。那几个应该是你的同学吧，有男的，也有女的。"

哥哥的同桌乜斜着眼睛，看着哥哥，说："是吗？我怎么不知道？"

哥哥说："当时你们都醉了，我当时还挺羡慕你们的，心想那时要不是咬掉了你的耳朵，也许我也在你们中间呢。"

哥哥的同桌"哈哈"笑着说："这世上的事情谁能说得清呢？我也万万没有想到你当时会咬掉我的耳朵。"

哥哥说："都是一时冲动，一时冲动，要是放在现在，哪敢啊，打死我也不敢啊！"

哥哥的同桌依然"哈哈"地笑着。

哥哥说："我也是那次才看到你的假耳朵的，心里觉得特别地对不起你，发誓将来一定要好好补偿你！"

哥哥的同桌笑着说："那时候我要是看见你，我想我肯定会咬掉你的耳朵的。"

哥哥笑了笑，问："你爸爸他还好吗？"

哥哥的同桌有点伤感地说："他死了，一个月前死了，那时候你在省城的医院呢。"

哥哥安慰了同桌几句。

哥哥的同桌说："不要再说了，人总是要死的嘛。"

哥哥同桌的助手开了一辆桑塔纳警车，鸣着警笛来接他了。

哥哥的同桌瞪了一眼他的助手，骂道："把那个东西关了，哇啦哇啦的，听着心里烦！"

助手说："自由市场里刚刚发生了抢劫案，人抓到了，大伙都等着你来处理。"

哥哥的同桌说："你先把那个关掉！"

助手赶快把警笛关掉，院子里一下子安静下来了。

哥哥的同桌上了桑塔纳，缓缓地摇下车窗，说："以后有什么事来找我啊，毕竟咱们同学一场嘛！"

哥哥有点感动的样子，说："一定，一定。"

桑塔纳开走后，哥哥对我说："以后不许你再惹事啊，要是我另一只耳朵也换成假耳朵，我就成了聋子，什么也听不到了。"

我看着哥哥，流出了眼泪，怎么也停不下来。

哥哥摸了一下我的耳朵，说："好了，好了，不然我的眼泪也要从眼眶里奔出来了。"

尸说新语：枪

德觉桑布急匆匆地赶回寒林坟地时，许多大大小小的尸体对着他说："请带我走！请带我走！"他念了几遍咒语，那些尸体就倒下了。他又走了几步，看见那如意宝尸早已爬上了檀香树，乞求似的对他说："请别带我走！请别带我走！"他狠狠地瞪了一眼如意宝尸，举起月形斧子做出砍树的样子，并说："我是德觉桑布，龙树大师是我的上师，月形斧子是我的工具，百纳皮袋是装你的口袋，花花皮绳是缚你的绳索，你这僵尸仔细听，是我砍树还是你自己下来？"

那如意宝尸见状，颤巍巍地爬下檀香树，怯生生地看了一眼德觉桑布，低下头自觉地钻进了皮袋中。德觉桑布舒了一口气，踢了一脚皮袋中的如意宝尸，将皮袋用花花皮绳紧紧地绑住，心想："你这个鬼尸体害得我走了那么多的冤枉路，这次我一定要把你背到龙树大师跟前，履行我曾经许下的诺言。"

德觉桑布吃了一粒龙树大师赠送的酥油糌粑丸子，背上如意宝尸，又上路了。

走了一段路程之后，那如意宝尸开口说："喂，兄弟，缩短路程要么得有好马，你没有，我也没有；要么就得聊天，这你也会，我也会。要么你讲个故事给我听，要么我讲个故事给你听。"

德觉桑布听了如意宝尸的话，又想起了龙树大师的嘱咐，便没加理睬，继续往前走。

德觉桑布以前并不叫德觉桑布，而叫顿珠；这个名字是后来龙树大师给起的。

那一年,顿珠的哥哥赛协为了他们兄弟俩的生计问题,到远近闻名的"术士七兄弟"处学习法术。这七兄弟一个比一个精通法术,哥哥赛协心想,要是能学会这法术,求得一些酥油糌粑之类的,该多好啊!

他在那儿待了三年,但七兄弟每天练习法术时,总是把他打发到很远的地方去干活,不让他看。赛协虽然过着吃不饱、穿不暖的日子,但还是硬撑着坚持了下来。

有一次,弟弟顿珠给他送干粮,住了一天。顿珠是一个聪明细心的小伙子。晚上,他悄悄地跑到术士七兄弟的住处,正好碰上他们在练习法术。顿珠躲在一旁将他们演练的法术从头到尾仔细地看了一遍,便毫无遗漏地掌握了法术的全部秘诀。他回到哥哥赛协的住处,将哥哥从睡梦中唤醒,说:"哥哥,这样待下去不一定能学会法术,何必再吃苦受累呢?咱兄弟俩还是回家吧。"赛协也听了弟弟的话,连夜赶回了家里。回家后,弟弟顿珠说:"哥哥,咱家的马厩里有一匹白色的骏马,你不要把它带到术士七兄弟那儿,带到其他地方卖了吧,再买些东西回来。"说完,他立即到马厩里变成了一匹白马。哥哥走进马厩一看,果然有一匹世上少有的骏马。他一高兴,便把弟弟的话给忘得一干二净了,得意得合不拢嘴巴。他想,我待了三年都没有学成法术,弟弟却得到了这么一匹骏马,他可真是不简单啊。但他同时又想,是把这匹骏马卖了好呢，还是把它留作自己的坐骑好呢？他就这样顾前思后地想了好长时间。

第二天一大早，术士七兄弟到赛协的住处一看，见房中空空的，便说："噢，昨晚上我们练习法术时没加防范，肯定被他们兄弟俩偷偷学会跑掉了。"这术士兄弟生性十分凶残狡猾，老大说："俗话说得好，牵马的缰绳要长，砍树的斧子要快，咱们不能把这兄弟俩就这样轻易地放了。无边草原毁于星火，千里之堤溃于蚁穴，如果咱们不把他们兄弟俩斩草除根，肯定后患无穷，影响咱们的声誉。"

术士七兄弟变成七个大商人，骡马驮着货物，赶往顿珠兄弟俩的住处。赛协（藏语中意为"聪颖"）虽然名为赛协，其实是个老实憨直的人，他丝毫没有觉察到那七个商人是术士七兄弟变的，将他们请到家里大加款待。他还想，俗话说的真是没错啊，好人自有好运，你看这买卖竟找上门来了。术士七兄弟一看见拴在马桩上的白马，就知道那是顿珠变的，便和赛协讨价还价，最后以一百两黄金成交，牵着马走了。

术士七兄弟牵着马边走边说："过会儿我们把这匹马宰了，将它碎尸万段！"说完，他们又哈哈大笑起来。顿珠变的那匹白马虽然不能说话，但心里却一清二楚。他想到自己有生命危险，十分害怕。到了一条小河边，术士七兄弟中的六位哥哥支起锅灶准备烧水，让最小的弟弟在一旁牵着马。顿珠变的那匹白马很着急，很害怕，心都"咚咚"地跳起来了。它趁那牵它的家伙不注意，挣脱缰绳跑掉了。

术士七兄弟看见白马跑了，发出一阵打打杀杀的喊叫声追了上去。

快被追上时，白马看见河里正游着一条鱼，马上变成一条金鱼，游向河中心。术士七兄弟也立即变成七条水獭，追了上去。

眼看着就要被捉住了，那条金鱼看见天上飞着一只鸽子，便摇身一变变成了鸽子，扇动着翅膀飞向高空。术士七兄弟也马上变成七只鹞鹰追了上去。

眼看着就要被追上时，那只白鸽奋力向对面半山腰中的一个山洞飞去。那个山洞里面，龙树大师正在潜心修行。

白鸽飞进洞里，恢复原形，向大师致以顶礼，并祈求道："常言说，喜讯上告官人，疾苦禀告上师，食物献给父母，真话说给师父，无依无靠的我现在被术士七兄弟追得走投无路，请大师救救我。"

这位大师对芸芸众生怀有慈悲心，对这位青年也生起了慈悲心，便说："噢，不搭救无依无靠的可怜人，修习菩提心是无用的。虽然我不务俗事，但你身处生死关头，再说七个人欺负一个人，这既不符佛理，也不合俗规，你就变成我念珠上的一颗大珠子吧。"顿珠立即变成了念珠上的一颗大珠子，被大师压在拇指下面。

一会功夫，术士七兄弟变成七个布衣修士来到山洞里，说："喂，老头子，先前飞进山洞里的那只白鸽在哪儿？快交给我们。"

大师微闭双眼，念诵着"六字真言"，没有开口。术士七兄弟见状，吼叫着说："喂，你是聋子吗？你交出那只鸽子，如果不交别怪我们不客气。"说着，他们变成七只蜈蚣爬到大师身上。

顿珠见状，十分紧张，心想：啊，要是上师为了我伤了，那该怎么办啊？他便变成一只大公鸡，将那七只蜈蚣一一啄死了。立时，那七只蜈蚣变成了七具人尸。

这时，龙树大师十分不安地说："啊，要了七条人命，这可是很大的罪过呀！"顿珠见状，也很不安，说："大师救了我的性命，为了减轻罪过，报答您的恩德，我可以做您吩咐的任何事。"大师见状，安慰他说："你也不要过分担忧了，事已至此，再后悔也是没有用的，但你要为这事补过。"

顿珠问："我该怎么补过呢？"龙树大师回答说："你从这儿向西行，翻越数座山，有一个叫寒林坟地的地方。那儿有个如意宝尸，它浑身是宝，上半身由玉石组成，下半身由金子组成，脑袋由贝壳组成。它能使世人增寿、富足。你若能取得那宝尸，那么你的罪孽就消除了。"顿珠听了，立即说："这很好办。"

龙树大师听了，说："取得那如意宝尸并非易事，并不像背回什么东西来那么简单。在背它回来时，你必须缄口不说话。一旦说了话，就前功尽弃了。"

顿珠发誓要取回那如意宝尸，让世人得到快乐，消除自己的罪孽。临走时,龙树大师嘱咐道:"你到寒林坟地时,许多大大小小的尸体会喊'请带我走,请带我走'。你对着它们念咒语,它们就会倒下去——那些不是你要找的如意宝尸。其中一具尸体不会倒下,会爬到檀香树上说'别带我走,别带我走'——它就是你要找的如意宝尸。你举起月形斧子做砍树的样子,那如意宝尸就会很快爬下树来。然后你把它装入这能够容纳万物的皮袋中,用这花绳子紧紧地绑住;吃这酥油糌粑丸子,日夜不停,不要说话,往回走。如果你说出一句话,那如意宝尸就会重新飞回寒林坟地,你必须要记住这一点。你有缘来到这德觉山洞,我就赐你一个德觉桑布的法名吧。"说完,龙树大师把那些工具一一交付给他。

就这样,德觉桑布按龙树大师的嘱咐一路向西,排除一路上的艰难险阻去取那如意宝尸,但每次取回宝尸走到半路时,都被它所讲述的引人入胜的故事迷惑住,开了口而前功尽弃。就在上次,这如意宝尸讲了一个叫"石狮子开口"的故事,激发了他的正义感,他失声说了句"这家伙贪得无厌,他活该!",又让它飞回寒林坟地去了。

如意宝尸见德觉桑布不理它,独自低着头走路,就说:"噢,既然你不愿意开口,就让我来讲个故事给你听吧。"

德觉桑布听到这话,在心里"哼"了一声,没加理睬，依然低头走路。

如意宝尸却自顾自地讲了起来："之前讲的都是发生在很久很久以前的故事，这次，我要讲一个发生在未来岁月里的故事。"

德觉桑布听到这话，觉得有点奇怪，心想，这鬼尸体怎么会知道发生在未来岁月里的故事呢？

如意宝尸却在继续讲述着：

在未来的日子里，某一个地方有一个青年，他的名字叫明美，就是没有名字的意思。他的父母一连生了三个儿子，但都没能活成。生下明美之后，为了他不至于像前三个儿子一样莫名其妙地夭折，他们就请村里的喇嘛取了这样一个名字，以求平安。

明美出生在村里家境最好的人家中，再加上是独生子，所以他的父母从小对他娇生惯养，不加管束。他自己也仗着家里钱多，从小为所欲为，横行霸道，在村里没有留下好名声。从少年时代起，他最喜欢做的只有两件事：赌博和打猎。前者是他尽情挥霍钱财的方式，而后者则是他用来消遣的方式。

到他十五岁时，赌博使他输掉了家里一半的财产，他的赌友都是村里一些富户的儿子。他们赌钱的方式很特别，就是在村子中央的那座煨桑台上燃起滚滚的桑火，然后比赛吹海螺，如果谁吹海螺的时间最长，谁就是赢家。他们这种赌钱方式引来了村里一些长者的非议，认为这是在亵渎神灵，但谁也没能阻止住他们。明美长得很胖，平常走路都气喘吁吁，觉得胸闷气短，因而在这种特殊的比赛中往往输得一塌糊涂。但他似乎不在乎自己输钱，反而以更高的兴致来参加赌赛。

平常，煨完桑、吹海螺定下输赢之后，这几个富家弟子就会兴致勃勃地去打猎。村子的左右两侧是两座高耸入云的山峰，山脚下长满了柏树、灌木之类的植物。这些植物丛中生活着石羊、狐狸、兔子等动物。村子里有很多猎户。他们可以随心所欲地到那儿去打猎。村子后面是一座不太高的山，传说是一座神山。山上有十几只香獐子，传说是山神的家畜。由于是神山，谁也不敢去狩猎山上的香獐子。当这些富家子弟和猎人们背着一些石羊、兔子之类的猎物回家时，神山上那些香獐子却在悠闲地吃着青草，时而抬起头来看看猎人背上的猎物，不加在意。

这些富家弟子们上山打猎，每人都背着一杆枪。用枪打猎十分管用：只要被枪击中，任何动物都难逃一死。德觉桑布大哥，你知道枪是什么东西吗？

说到这儿，如意宝尸故意停住了，想以此来套出德觉桑布的话。

但这时德觉桑布还是十分清醒，他在心里暗暗骂了一句，你这鬼尸体！回头狠狠瞪了一眼，他又在心里暗暗地说，管它是什么东西，我不会那么轻易上当的！如意宝尸希望自己卖弄的关子能使德觉桑布开口,就默默地等着。但德觉桑布又回头瞪了一眼,用胳膊肘狠狠地撞了一下口袋中的如意宝尸,继续往前走去。如意宝尸见德觉桑布不上当,就继续讲述道:

到明美十九岁时,他家的钱财被他赌得所剩无几了。他的父母看着儿子这么不成器,焦急得连头发都白了。他们用了好多办法阻止儿子赌博,但没有起到丝毫的作用。后来,明美父亲的一个世交将自己的亲生女儿领过来,说:"仁兄家道败落,我实在是看不下去了。现在,我不做任何要求,将我的宝贝女儿许配给你的儿子。也许男人只有成家了,才能有一番作为。"老两口对此感激涕零,不知如何是好。那位世交走后,老两口将儿子叫回家里,指着姑娘,说:"我们要她做你的妻子,从今往后你要好好做人!"明美看了一眼这姑娘,觉得模样还挺周正,就笑嘻嘻地答应了下来。

当老两口到村里唯一的智者跟前为儿子选择婚庆的吉日时,智者沉着脸说:"你们就是给他再娶十个老婆,他也改不掉这毛病。他迟早会将你们家的家业败掉的,而且他迟早会毁了自己,但你们家要传宗接代还得靠他。"

就这样,老两口提心吊胆地选了一个日子,为儿子完了婚。

明美的妻子名叫尼玛拉姆,她是一个美丽、善良、温柔的姑娘。她想以她的善良和温柔来打动自己的丈夫，从而改变他的所作所为。但是她的这种努力失败了，她天生的善良和无尽的温柔丝毫未能改变丈夫恶劣的秉性。他对她的美貌和肉体只是表现出了短暂的兴趣，大约一个月之后，他就已经明显地表现出厌倦的情绪。

但是在这短暂的美好时光里，他却在她的身体深处播撒下了自己的种子。

他依然沉浸在那独特的赌博的快感中而不能自拔。由于他成婚后身体更加发胖，因而以那种特殊的方式赌钱就输得更惨了。在他二十岁时，他家的产业被他输得精光。也就在这一年，尼玛拉姆为他生了一个儿子。老两口也没请喇嘛，直接给孩子取名为勒安（藏语中意为"苦命"）。看着自己的儿子有了后代，能够传宗接代了，老两口心里既高兴又悲伤，既安心又担忧，沉浸在种种无法解脱的矛盾之中，不能自拔。没过多久，他们就相继去世了。

儿子的出世没有给明美带来多少喜悦的感觉，父母的去世也没能在明美的心里引发多少忧伤的情绪。这时候，他把他祖上住过的那座村子里最古老的房子也卖掉，把钱拿去赌博了。但可想而知，他像往常一样没有赢钱，输掉了一切。

看到他已经输得精光，平常兄弟相称的那些赌友便不再理他了，也不再让他参加那种特殊的赌局。最后，他跪在赌友们的面前，乞求让他参加最后一次赌博。赌友们见他可怜巴巴的样子，就鄙夷地说：

"如果这次你赢了,我们把房子还给你;如果这次你输了,你拿什么作抵押呢?"

他被赌友们问得目瞪口呆,好长一段时间窘迫得满脸通红,说不出话来。

好久之后,他的眼前浮现出自己的妻子和儿子的形象,就有些兴奋且不加思索地说:"我拿我的老婆和儿子作抵押。"

赌友们听了都"哈哈"大笑起来。笑过之后,他们指着明美的鼻子说:"看在多年赌友的份上,我们就让你赌一次。你那老婆还有几分姿色,作个抵押勉强凑合,至于你儿子嘛,即便赢了过来,也是个累赘,就算了吧。"

就这样,他们开始了一场特别的赌赛。煨过桑,念过祈祷词之后,明美和其他两个富家弟子在一个人的监督下开始吹螺号。这次,明美使足了身上所有的劲,足足吹了有半个小时。他的脸和脖子涨得通红一片,腮帮子鼓鼓地凸了起来,像是要马上破裂似的;眼睛睁得出奇大,不停地流着眼泪。看得出,和他比赛的两个富家子弟也使出了平生吃奶的力气。他俩的脸和脖子也通红一片,腮帮子和眼珠子凸了出来,十分吓人。

最后,明美还是由于坚持不住而先停了下来。一停下来,他就倒在地上不省人事了。其他两个富家子弟在明美停下来后坚持了五六秒钟,就倒下来不省人事了。

尼玛拉姆带着襁褓中的孩子被赌友们带走了。这时候，明美的心里产生了一种莫名的空落落的感觉；赌博之前的那种对一切毫不在乎的感觉已经荡然无存了。继而，他那空落落的心里又慢慢地生出了一种莫名的愤怒。他看了看四周，愤然从地上捡起了枪。现在，真正属于他的东西也就只有这杆枪了，此外他已一无所有。他的愤怒没有促使他去抢回被别人夺走的老婆和儿子，他反而扛着枪上山打猎去了。他要以打猎的方式去宣泄心中那股静静地燃烧着、却又让他无可奈何的莫名的怒火。

在他走向村子右面的山坡时，他发现村子后面的那座神山脚下有几只香獐子在悠闲地吃草。他突然想到麝香很值钱，可以卖很多钱，就改变方向，向神山脚下走去。快到香獐子附近时，那几只香獐子还在悠闲地吃着草，连头也不抬一下。这时，他又突然想到，这些香獐子是山神爷的家畜，村里人谁都不敢有非分之想。长辈们说，如果谁敢打这些香獐子的坏主意，谁就会倒大霉。他的心里不由得担忧和害怕起来，停下脚步，不敢向前。他的心里剧烈地矛盾起来，拿不准是去还是不去猎杀香獐子。

一个声音在他耳边轻轻地说："去吧，去吧，打死一只香獐子你就会得到一大笔钱，你就有机会赢回一切！"这个声音刚刚停息，另一个声音却在他耳边严厉地说："你放下武器不要向前，如果你敢动山神爷家畜的一根毫毛，你就连后悔都来不及！"

他完全处于一种进退两难的境地中，站在原地，一动也不动。

前面不远处的几只香獐子中的一只抬起头看了看他，缓缓地向这边走了过来。这时，那两种声音又交替地在他耳边回响起来，使他难以忍受。

最后，第一种声音渐渐占了上风，完全左右了他的心。看着缓缓走过来的那只香獐子，他卧倒在地，轻轻举起枪，仔细地瞄准着。当他瞄准了那只香獐子时，他的眼前接连出现了三种幻象：先是一个满头白发的老头的脸，接着是一个青面獠牙的女人的脸，最后是一个半人半兽的怪物。

他的额头沁出了细密的汗珠，汗水慢慢地流了下来，流进了他的眼睛，使他的眼前模糊一片。他的手心也被汗水弄得湿乎乎一片，无法抓紧枪杆。这样的幻象持续了几分钟之后，他想打消当初的念头，手指却不由自主地滑向了枪的扳机。随着一声沉闷的枪声，一切都宣告结束了。不远处的那几只香獐子四散而逃，而他却倒在了地上，额头正中有一个枪口大小的黑洞，正汩汩地往外流着血……

说到这儿，那如意宝尸又停了下来，伏在德觉桑布的背上，等待德觉桑布失口说出话来。听到这儿，德觉桑布也确实进入了故事浓烈的悲剧氛围之中，完全被吸引住了。此时，他的心里产生了一个疑点，想脱口问："明美额头上的那一枪到底是谁打的？"但他又马上意识到,自己已渐渐进入了如意宝尸早已设好的圈套之中。他暗自庆幸自己还没将这句话说出口来,而是等着如意宝尸继续讲,解开这个谜团。那如意宝尸也像是猜透了德觉桑布的心思似的,故意缩成一团,缄口不说一句话。这样,他俩之间出现了短暂的沉默。这短暂的沉默使得德觉桑布的思绪不由得飘向了别处。他突然想起了自己那老实憨厚的名叫赛协的哥哥。他有些担心地想,哥哥现在可否安好?一个人还能够凑合生活下去吧?之后,他的心头又不由得升上了几句怨言:"如果哥哥你当时不把我变的那匹白马卖给术士七兄弟,我也就不会像今天这样白白地受这份活罪,咱兄弟俩也就不会分开了……"

这时,那如意宝尸又接着讲了起来:

明美因猎杀神山上的香獐子而暴死的消息,在方圆几里的地方像风一般传开了。人们议论了好长一段时间,得出了这样一个结论:谁若敢对神山上的香獐子存有非分之想,只能惹来杀身之祸。

明美死后,赌徒们将尼玛拉姆和小勒安放了回去。从此,尼玛拉姆母子俩也就开始了孤苦无依、度日如年的生活。

在尼玛拉姆含辛茹苦的抚育下,小勒安在艰难和困苦中渐渐长成了一个翩翩少年。尼玛拉姆原本指望着勒安长大后能够分担她生活的重担,但恰恰与母亲所期望的相反,勒安少年时便对赌博产生了浓厚的兴趣。他经常纠集一些伙伴一起赌博，赢来一些食物之类的东西。对此，尼玛拉姆痛苦地想，这是自己那个死去的赌鬼丈夫造的孽，整日唉声叹气。在赌博方面，勒安不像父亲一样光输不赢，他在这方面表现出了惊人的天赋，在小小的赌徒们中很少有输的时候。尼玛拉姆对儿子赢来的那些零零碎碎的东西，不但不感到高兴，反而会产生一种极度不安和恐慌的心理。

勒安他们赌钱的方式不再是他们的父辈那种以吹海螺定输赢的方式，而是一种全新的方式。他们在玩一种奇妙的纸牌。对于这种新兴的玩法，勒安领会得很深，几乎达到了出神入化的境地。一旦玩到兴头上，勒安就会忘记一切，不顾一切地玩上三天三夜不合眼也不觉得累。每当玩牌时，他就会把自己的母亲忘得一干二净。

由于长年劳累过度，尼玛拉姆渐渐病魔缠身，常常卧病不起。但被赌博迷了心窍的勒安对此视而不见，无暇顾及。每当被疾病折磨得不能走动之时，一股忧伤之情就会涌上尼玛拉姆的心间，她继而不由得流出眼泪。她觉得天底下再也没有比自己更苦命的人了，因此更加地伤心，大声地哭了出来，引得左邻右舍都发出怜悯的哀叹声。

尼玛拉姆曾平心静气地对儿子勒安做了多次的说服和教育，但他充耳不闻，有时还会恶狠狠地反驳她。最后出于无奈，她到村里那位智者跟前算了一卦。智者闭目沉思了一会，缓缓地开口说："你的这个儿子一时半会还很难收回自己的心。等到他的额头正中长出一颗黑痣时,他才会自己醒悟过来。到那时,他就会成为一个天下难得的孝子。"尼玛拉姆听了智者的话,很高兴,心里充满了希望。回去之后,她总是盯着儿子的额头看,希望儿子那光洁的额头上能够奇迹般地长出一颗黑痣来。但是一年过去了,两年过去了,三年过去了,她所盼望的那颗黑痣始终没有在儿子勒安的额头上出现。他反而比以前赌得更厉害了,丝毫没有要醒悟过来的迹象。

后来,尼玛拉姆的病情加重了,到了几乎不能走动的地步。新年临近,村子里突然变得寒冷起来,一阵阵阴冷的北风呼啸着疾驰而过,使人心里一阵阵地发虚。尼玛拉姆躺在病床上,希望儿子能够回来准备过年,但儿子已经三天三夜没有回家了。到了大年三十,勒安还是和几个小伙子围坐在一片空旷的田地里,尽情地用纸牌玩着赌博的游戏。除夕的夜色渐渐降临,他们还是没有回家的打算。不知是谁从家里偷来了一盏灯笼,他们在灯笼忽明忽暗的光线下忘我地玩着纸牌赌钱。他们的脸色灰白,嘴唇干裂,但眼睛里却闪着一丝奇特的兴奋的光。有时候,"呼呼"的北风卷着滚滚的尘土从他们头顶呼啸而过,他们也只是"呸呸"地吐出两口唾沫,不加理睬。夜幕完全降下之时,他们中的一个小伙子突然在忽明忽暗的光线下指着勒安的脸,惊奇地说:"你的额头正中有一颗黑痣!"接着,其他人的目光也都集中到了勒安的额头上，啧啧称奇。这时，勒安也感觉到自己身上发生了某种说不清道不明的变化。他的心里似乎有一种隐隐的冲动，摔掉手中的纸牌，不由自主地站了起来，使劲眨了眨眼睛，呆呆地望着远处。渐渐地，他想起自己的母亲还在病床上，就不顾一切地向家里跑去。

回到家里，看到母亲憔悴不堪的模样，他就十分伤心地流出了眼泪，大声哭叫着说："阿妈，我对不起你，我对不起你，以后我要好好地侍奉你。"母亲听到儿子的话，有些不相信地从被窝里欠起身子，定定地望着儿子的脸。看到儿子额头上的那颗黑痣时，她脸上渐渐露出笑容，同时双手合十，嘴里轻轻地念诵着那位智者的名字。勒安清醒过来，背起母亲飞快地向村里唯一的曼巴（藏语中意为"医生"）家里跑。

赶到曼巴家时，曼巴一家已经吃了年夜饭，准备睡觉。看到勒安这个不孝之子背来了自己的母亲，曼巴一家人的脸上都露出了惊奇的表情。当勒安诚恳地请求曼巴为母亲治病时，曼巴看见了勒安额头上那颗奇特的黑痣，发出一声怪叫，说："呀！你的额头上什么时候长了这么一颗奇特的黑痣？"他的家人也附和着发出了惊奇的赞叹声。随后，曼巴为尼玛拉姆把脉诊断。诊断了好长时间之后，他面露难色地对勒安说："你的母亲现在身染多种疾病，得慢慢加以治疗。为她配药必须要以麝香作引子，但我手头没有麝香，看看你能不能自己想个办法弄些来。如果有了麝香，我就给她配药治疗。"勒安立即陷入了痛苦的境地之中，心想,"我一个穷光蛋,到哪儿弄这么宝贵的麝香呢?"

他背着母亲往回走,心里总是踏实不下来,不知道如何才能弄到麝香。但这一晚是除夕之夜,尼玛拉姆心疼地对他说:"你还是把家里好好收拾一下,咱们好好地过个年吧,咱们已经好多年没有好好地过年了。"他看着母亲,微微笑了笑,说:"年咱们每年都可以过,治你的病才是最要紧的。"这一夜,他一直守着母亲,没有合眼。

第二天天快亮时,他突然想到村子后面的山上有香獐子,但他又马上想到那山是神山,那些香獐子是山神的家畜,神圣不可侵犯。继而想到阿爸是因为猎杀神山上的香獐子才暴死的,他就从心底感到一阵阵的恐惧。阿爸因触犯山神而暴死的事,成了现世报应的最好注解。但一想到阿妈的病,他的心里又不再感到害怕了,又想上山打香獐子。趁母亲睡着,他找到父亲留下的那杆枪,毅然决然地扛在肩上,向后山走去。

天快亮了。大年初一的天气依然寒冷。村里的小孩们则不顾寒冷,正挨家挨户地去拜年。他知道大年初一是一年中最美好的日子,最忌讳杀生,更何况要杀的是山神爷的家畜。但他觉得,自己此刻已别无选择了。他心想,只要治好母亲的病就行。他在凛冽的晨风中踽踽独行,肩上的那杆枪左右摇晃。那杆枪现在已经锈迹斑斑,没有一点光泽了。当他将仅有的两粒子弹推上枪膛时，枪膛中发出一阵"咔嚓""咔嚓"的声音，但他对这杆枪的性能没有产生丝毫的怀疑，而是坚信这杆枪能够打下一只香獐子。

天微微发亮时，他来到了山上。这时，他看见一只香獐子正在不远处，向他这边张望着。他蹲下来，静静地看了一会儿，就举起了枪，但恐惧又一次袭上了心头。父亲死时的那幅惨象以及父亲额头上的那个黑洞，又清晰地浮现在了他的眼前。他举着枪的手微微地颤抖着，额头上渗出了密密麻麻的汗珠。他用手使劲擦了一下额上的汗珠，大口地呼着气，将枪放了下来。但与此同时，阿妈憔悴的脸又浮现在了他的眼前，使他不由得再一次举起枪，对准了那只香獐子。之后，父亲惨死的景象和母亲憔悴的面容交替地在他眼前出现，使他不知所措。汗水再次渗满了他的额头，慢慢渗进了他的眼睛，使他的眼睛模糊一片。同时，他的手心里也满是汗水，弄湿了枪的扳机，让扳机滑腻不堪……

就在这时，一声沉闷、冗长的枪声响了。

随之，勒安马上想到了死，觉得此刻自己一定是死了，灵魂正在缓缓地飘向另一个世界。但慢慢地，他发觉自己并未死去。他用手摸了摸头和脸，发觉自己还在。他不由得抬起头向前望去，那只香獐子倒在前面不远处的山坡上，一动也不动。继而，他收回目光，看见那杆枪已掉落在地上，散了架，四周的空气里飘荡着一股浓浓的火药味。他从地上捡起枪的残片,静静地看了一会,感叹道:"枪啊,枪啊,你究竟是个什么东西?你竟有如此大的威力!"

说到这儿,德觉桑布早已听得入迷了,完全进入了故事所营造出来的那种意境之中,早已将龙树大师再三嘱咐的话和自己以前跑许多冤枉路所受的苦给忘得一干二净了,失口说:"这枪到底是个什么东西?"

那如意宝尸听了,说了声:"你这个倒霉蛋,又说漏嘴了!""噗哒"一声,又飞回寒林坟地去了。

切忠和她的儿子罗丹

是的,我是怀揣那份已经完成的小说稿子回到故乡的。

我的小说的主人公是一位名叫切忠的母亲和她的儿子罗丹。他们母子俩相依为命,度过了一段非常艰难的岁月。小说中应该出现的第三个人物,也就是切忠的丈夫、罗丹的父亲,早在罗丹很小的时候就去世了。为此,罗丹在他十二岁时突然向母亲切忠问道:"我阿爸去哪儿了?"切忠怔怔地愣了一会,但还是十分镇定地说:"你阿爸在你很小的时候就抛下我们娘儿俩走了。"罗丹还是不解地追问道:"他去哪儿了,他为什么不回来?"面对儿子罗丹的追问,母亲切忠干脆说:"你阿爸死了。"那时候,罗丹对死这个概念还不甚了解,便眨了眨眼睛,问道:"死是什么意思?"

母亲切忠听了,觉得有些好笑。早年失去丈夫的阴影早已在她心头烟消云散了,这会谈到丈夫的死,激不起她丝毫的忧伤之情。再加上父母和身边的一些亲人也相继离去,她因而对死亡有了一种新的认识:死亡没有什么可怕的,人应该学会面对死亡。

为了让儿子罗丹懂得死是怎么一回事,她将儿子领到了几天前刚刚死去后被丢在阴沟里的那条老狗面前。那条老狗的尸体正在渐渐腐烂,散发出一股浓浓的臭味。她指着那正在腐烂的老狗的尸体,说:"死就是生命离开了肉体。没有了生命的肉体就是一堆臭肉,它会渐渐腐烂融入大地的。"

儿子罗丹听了更觉奇怪,扑闪着那双大眼睛,不解地问道:"你说死就是生命离开了肉体,那么,生命离开肉体之后,它又去向何方呢?"

这问题对于母亲切忠来说似乎显得过于简单。她不假思索地说:"生命离开肉体之后,灵魂将会引导你进入六道轮回之中。那些行善积德的人会进入天界或转生成人,而那些作恶多端的人则会坠入地狱或转生成饿鬼、畜生。你阿爸是个既不行善积德,又不作恶多端的人,我想他的灵魂既不可能进入天界,也不会坠入地狱,起码会转生为人的。"

说完,她微笑着望了一眼儿子罗丹,摸了摸额头,回去了。

儿子罗丹望着那正在腐烂的老狗的尸体,像是明白了死是怎么一回事,又好像一点也没明白死是怎么一回事。但他突然明白自己永远不会见到阿爸了,不由喃喃地在嘴里重复着说:"生命,灵魂,天界,地狱……"

罗丹在他正长身体的时候,遇上了那段大伙都勒紧裤带过日子的年月。那时候,他们母子俩经常吃不饱饭。母亲切忠经常忍住饥饿,把自己的那份食物留给儿子吃。儿子罗丹吃了,还是没有饱,依旧用乞求的目光注视着母亲日渐苍白的脸。

有一天晚上,外面下着小雨,漆黑一片。时间已经很晚了,还是不见母亲回来。儿子罗丹望着漆黑的夜,心里渐渐感到了恐惧,失声啼哭起来。

突然，母亲推门进来，背着一小袋沉甸甸的东西，显得很吃力。她把那一小袋东西轻轻地放到地上，深深地呼出一口气，苍白的脸上浮起了一丝笑意。母亲的身上、手上和脸上沾满了泥土。她走过去稍稍安慰了一下啼哭不已的儿子罗丹，就将那一小袋东西倒进锅里，烧火煮了起来，屋子里便充满了一种淡淡的食物的香味。原来，母亲背来的是一袋洋芋。

母亲这是为儿子做了一次真正的贼。

母亲将那些煮熟的洋芋全都捞出来，放在盆子里，让儿子吃。

儿子望着那满盆散发着热气的洋芋，使劲地咽着口水，恨不得一下子把那些洋芋全吃了。

母亲示意他慢慢地吃，不要着急。但吃下一个较大的洋芋之后，他就再也吃不下去了，只是望着眼前的洋芋发呆。那是那些年中罗丹吃得最饱的一顿饭。

母亲切忠看着儿子吃饱的样子，脸上现出了一丝苦涩的笑。随后，她自己也拿起一个不大的洋芋，慢吞吞地吃了起来，但吃到一半就吃不下去了。

儿子罗丹很懂事地倒了一碗茶，递给母亲，鼓励她继续吃。母亲显然是被儿子的举动感动了。她双眼含着泪水，接过儿子递来的茶碗，慢慢地喝了一口，又微笑着说自己确实饱了，实在是吃不下了。然后，她又将那吃剩的半块洋芋仔细地剥了皮，递给儿子罗丹。

儿子罗丹犹豫了一会，接过母亲手中那半块洋芋，津津有味地吃起来。

许多年过去之后，这情景总是令儿子罗丹感动得热泪盈眶。

这一年，罗丹已经十五岁了，青春期骚动不安的种种迹象也开始出现在他身上。这个年龄，就像有句谚语所说的"女孩不向阿妈要食物，男孩不向阿爸问主意"，标志着一个人已经到了独立自主的时候。也就是在这一年，爱情悄悄地叩开了罗丹的心门。将在下文中出现的女孩是邻村一个家境不好的人家的姑娘。

他和她的相遇纯属一次偶然。

罗丹十五岁那年的秋天，阿妈切忠突然得了重病，之后便常常卧床不起，家中生活的重担就自然而然地落在了他单薄的肩膀上，他也义无反顾地挑起了这副沉重的担子。

这一年，虽然村里每家每户的状况都稍稍有了好转，但由于罗丹家以前没有什么底子，生活上也就没有发生什么大的改观，依旧是吃了上顿没下顿。

罗丹为他们母子俩的生活问题，曾一度陷入了困境之中。但他渐渐地弄清了母亲那时候深更半夜弄来的那些洋芋原来都是偷来的。他对于母亲的这种偷窃行为不仅没有丝毫的责备，反而更加觉出了母亲的艰辛。对于他来说，这些年来带给他洋芋的母亲是伟大的，那些缓解他饥饿之苦的洋芋也同样是伟大的。

在罗丹面前只有一条路：像母亲一样去偷别人家地里可以吃的东西。

为了不至于被村里人发现而丢丑，罗丹经常深更半夜去邻村行动。那一夜不像往常，有月亮，很亮，像个圆盘，挂在天空一角，像是在专门监视着他的所作所为。为此，他不得不熬到半夜，待母亲完全睡熟之后才走出家门。

月光下的村庄显得十分宁静，只有一两声狗叫划破死寂的夜空，传向远方。

在这样的夜色中前去行窃，罗丹的心里总有一种荒唐的感觉——这样的夜色理应滋生爱情，而偷窃应该发生在那种风高月黑、死气沉沉的夜晚。但为了生活，罗丹也顾不上那么多了。他一边欣赏着夜色，一边心里发虚地赶向目的地。

正准备蹲下身挖地里的洋芋时，他突然发现前面不远处有一个黑影在蠕动着。借着月光，他看清那是一个女人的身影，便蹑手蹑脚走了过去。

走到那个女人身旁时，那个女人还没有发现他。他望着那个正在聚精会神地挖洋芋的女人的身影，站了一会儿，突然开口说："喂！"

那女人听到这声音，触电似的站了起来，转过身惊诧地望着他。

那是一个年轻漂亮的女孩。他看到在月光下，那女孩的脸一下子红到了脖子根。

看到这情景，他微微笑了笑，安慰女孩说："别怕，我也是和你一样来偷东西的贼。"

女孩用那沾满尘土的手擦了一下脸，怔怔地看了他一会，突然"咯咯"地笑了起来。那清脆的笑声在无边的夜色中飘出很远。

他也不由得笑了起来。笑过之后，他盯着女孩，问："你叫什么名字？"

"尼玛拉姆。"女孩微笑着说。

尼玛拉姆，尼玛拉姆，他一下子就记住了这个名字。这是一个非常非常好听的名字。

我是在去年一个黄昏时分回到有着"纳隆"这样一个好听的名字的故乡的。"纳隆"是"耳环"的意思，我怎么挖空心思地想象，也不能把故乡和耳环很好地联系起来。我走下那辆破旧的班车时，夜色正渐渐吞噬着故乡的土地，远处的山脉只显出了模糊的轮廓。班车丢下我，载着车里仅有的几个人，在渐浓的暮色中向远处驶去。

日子就像一匹快马，在不经意间向着不知名的方向飞驰而去。

罗丹后来就和那个叫尼玛拉姆的姑娘相爱了。为了生活，他和她有时还去别人的地里偷东西。

对于自家的境况，母亲切忠是再清楚不过的。自从她病倒之后，看到经常有吃的东西，她心里产生了疑问，但也渐渐地明白，儿子罗丹走了自己的路。

有好几次，她想劝儿子不要再干这样的事，但又无可奈何地忍住了。

后来，她终于下定决心要阻止儿子。有一天晚上，吃过晚饭之后，她就将儿子罗丹叫到自己身边，仔细地看了看儿子的脸，说：

"儿子，阿妈知道你为了阿妈干了一些见不得人的事。这一切都是阿妈拖累了你，阿妈早就该死了，可偏偏又死不了。现在，阿妈想清楚了，即使阿妈饿死，也不能再让你去干那种事了。人如果到了该死的时候，想逃也逃不了；不到该死的时候，想死也死不了。不要再为阿妈操心了。偷窃是我们信佛人的大忌，是不会有好报应的。这次你无论如何都要答应我，以后不再干那样的事……"

说到这儿，母亲切忠想起自己以前也有过同样的经历，便不由得流出眼泪，中断了说话，陷入了沉思。

儿子罗丹轻轻握住母亲的手，流着眼泪说："阿妈，为了您，我什么事都愿意干。"

说完，罗丹又跪倒在他家那小小的佛龛前，擦干眼泪，发誓以后不再干那样的事。再加上这么做都是生活所迫，因而此刻，他的心里有一种轻松的感觉。

此时，他和那个叫尼玛拉姆的姑娘相爱的事，他还没有告诉母亲。第二天，他找到她，把昨晚发生的事告诉了她，并商量在一个适当的时机带她去见他母亲。尼玛拉姆听了之后,高兴地投入到他的怀抱之中。

每当投入故乡的怀抱,踏上故乡的土地,我心头郁积的那份忧郁才似有渐渐消散的感觉,随之而来的是一种无法言说的舒畅。

夜色笼罩了整个村庄,不远处的小学校里亮着的灯光吸引了我。我穿过那弯弯曲曲的田间小道,来到了学校里。学校操场的正中央放着一台电视机,男女老少都围坐在电视机前,正聚精会神地观赏着电视里播放的录像节目。放的是一部武打片,一阵打打杀杀的喊叫声充满了整个操场。一会之后,电视画面上出现了一些男女搂搂抱抱的镜头,人们便放松面部表情,时而害羞地低下头,时而好奇地偷偷看上几眼,窃窃私语着。

我也站在人群后面,默默地观赏着这一切。就在这时,有人拉住我的手,将我领进了不远处的一间宿舍里。

待走进宿舍,借着灯光我才看清,拉我的那个人是这儿的小学教师,名叫柔旦。我和他在几年前就认识了,而且他看过我的小说,我们交流了一些想法,挺谈得来。

他给我倒了一杯水,示意我坐下,然后说:"早就听你们家里人说你要回来。怎么,这次又是来收集素材的?"

我点了点头，又叹了一口气，说："去年你提供给我的那些素材对我有很大的帮助，谢谢你。目前，我的创作又陷入了困境之中，希望你能帮助我。"

"对于一个写作者来说，最大的痛苦莫过于写不出令自己满意的作品。这样吧，我手头上有一个很好的素材，但这次我不想原封不动地提供给你，我只提供一些线索，你自己去加工创作，等你写成之后我再告诉你故事的原貌。也许那样会更有意思。"

对于他的理解和支持，我深表感激。我用请求的目光望着他，示意他尽快讲出来。

他看着我，狡黠地笑了笑，说："一个叫切忠的母亲有一个叫罗丹的儿子，切忠的儿子罗丹为了生活成了贼，最后被判了死刑，但结局是出乎意料的。"

去年回去之后，我便按柔旦提供的线索和要求，挖空心思地编了这个故事。我充分利用人类感情脆弱的天性，从描写亲情入手，力图写出令人感动的故事来。

我的主人公自从发誓不再做小偷之后，靠自己的双手，日子也渐渐好起来了。他带上尼玛拉姆到母亲身边，并且和尼玛拉姆订下了终身。

然而，命运的安排往往是十分残酷的。一年之后，罗丹的母亲切忠的病情加重了，常常昏迷不醒。经过检查，医生说只有做手术才能根治此病，否则只有等死，别无他法。

这些是医生对罗丹说的，母亲切忠并不知道。做手术需要一笔昂贵的费用，罗丹是无力承受的。但作为儿子，他又怎能忍心眼睁睁地看着心爱的母亲离自己远去呢？

回去之后，他便瞒着母亲去向别人借钱。

首先，他去母亲的弟弟家借钱。母亲的弟弟和他们住在同一个村子里。母亲的弟弟是个十分小心的人，平常脸上总是挂着一种忧伤的表情。他听了罗丹的话，半晌怔怔地不说一句话，然后进屋跟他的老婆唠唠叨叨说了好一阵话。之后，手里捏着一沓钱走出来，他表情更加忧伤地说："孩子，我家里只有这些钱了，你就全拿去治你阿妈的病吧，我待会儿就去看她。"

之后，罗丹又去了母亲的哥哥家。母亲的哥哥住在另外一个村子里。母亲的哥哥平时是个比较开朗的人，听了罗丹的话，他脸上开朗的神情一下子不见了，想也没想，便指着正在不远处的田间地头吃草的几只绵羊，说："它们是我家的全部财产，你就全部赶去换一些钱吧，回头我再想想办法，给你送些钱来。"

罗丹只有这么两个亲戚。在没有办法的情况下，罗丹也去了他的心上人尼玛拉姆的家里。尼玛拉姆的父亲对未来的女婿很慷慨，将家里仅有的一头奶牛送给了罗丹，并且让尼玛拉姆前去罗丹的家里伺候罗丹的母亲。

之后，罗丹又挨家挨户地去借钱物，大伙儿都力所能及地给予了帮助。

为此，他很感动，也很感激每一个给予他帮助的人。但这些钱物根本解决不了问题，离医院开出的数目相差很远。

后来，他听说最近政府给村里拨了一笔救济款，就去村长家里借。村长力所能及地给了他许多帮助，但他说公款无论如何不能外借，借了会犯法的。

出于无奈，他最后去村长家里偷了那笔救济款，交给医院，为母亲做了手术。但没等母亲出院，他就被拘留了。因盗取的是国家的救济款，而且数额很大，再加上当时正在严打的风头上，他后来被判了死刑。

乡亲们对罗丹抱着一种深深的同情，他为母亲行窃而被判了死刑的事在这一带广为流传。

"我给你提供的那个素材其实是个广为流传的故事，但你却把它写成了另一个样子。"我的朋友柔旦有些感动地说。

此时，我正坐在柔旦的宿舍里，看他读我带来的那篇小说稿子。

柔旦不说话，只是用探求的目光望着我，继续说："虽然你把它写成了另一个样子，但读着又确实很感人。我们还是看看你是如何结尾的吧。"

说着，他点了一支烟，猛地吸了一口，盯着稿子上密密麻麻的字迹，吃力地读了起来。

　　罗丹被枪决之前，他的亲戚朋友们都去看望他。他听说母亲的病渐渐好了起来，脸上露出了笑容，但又马上布满了愁云。他请求他们以后照顾他母亲，不要把他的死讯告诉她，设法隐瞒住。他的亲戚朋友们含泪答应了他的请求，并和他行碰头礼告别。

　　其间，村长也去狱中看望了他。他向村长做了忏悔，并请求他谅解。村长深深地谅解了他，并答应由村里安排他母亲以后的生活问题。

　　当村长告别他要回去时，他向村长磕了一个头，十分认真地说："你真是一个大好人！来世我一定会报答你的。"

　　在罗丹最后的日子里，他的心上人尼玛拉姆去看望了他。尼玛拉姆看见自己的心上人形容憔悴，失声痛哭起来，紧紧抱住他不放。

　　罗丹轻轻地抚摸着尼玛拉姆的头发，平静地说："好姑娘，别再哭了。以后找个好人家吧，也许来世咱们能再相聚。好姑娘，别再哭了，有空去照看一下我阿妈……"

　　尼玛拉姆想到自己的心上人就要离自己而去，哭得更加伤心了。她紧紧地抱住罗丹，泣不成声。

　　就在罗丹被执行枪决的那一天，他的母亲切忠在尼玛拉姆的搀扶下走出了医院。当她俩缓缓地走到十字街头时，罗丹的母亲切忠似乎听到了一声沉闷的枪声。她一怔，随之心跳也加快了……

至此，我的小说全部结束了。半晌，柔旦怔怔地望着那最后一页稿子，一动也不动。

过了好一会，他才抬起头来，点上一支烟，将稿子递给我，说："确实是个感人的故事。你写这个故事一定费了不少的心思吧？但我要告诉你的那个故事完全不同于这个，也许还有些残忍。"

他的话引起了我极大的兴趣。我急于想知道这个在一年前就吊起我胃口的故事的本来面目，便催促他快讲。

但他却像是故意卖关子似的说："等我俩吃些东西，填饱肚子，我再讲给你听。现在，我都有些饿了。"

于是，我俩便边吃东西边谈我的那篇小说。他像是个优秀的编辑似的对我的小说评头论足，提出了一些修改意见。我对此十分佩服，希望他以后能多提这样的意见。

吃完东西，他重新为我倒满茶，又给自己点上一支烟，才开始故事的讲述。

我的故事发生在过去的部落时代。有一个叫切忠的放荡女人在她三十岁时生了一个男孩，给他取名为罗丹。罗丹小时候很活泼，很聪明。罗丹没有兄弟姐妹，所以别的小孩都合伙欺负他。每当这时候他就想，要是他也像别的孩子一样有兄弟姐妹，那该多好啊！但他没有，他因而很痛苦。

有一天，罗丹忍不住向母亲切忠问道："我为什么没有父亲？"

切忠瞪了他一眼，大声说："你从来就没有父亲！"

从此，他再也没有向母亲问起过自己的父亲。每当别的孩子向他问起他的父亲时，他瞪着眼睛，大声说："我从来就没有父亲！"

以后，孩子们便在暗地里叫他"没有父亲的孩子"。他听到之后，心里总有一种伤感和失落，远远地躲着那些孩子们，也不和他们玩，渐渐变成了一个沉默寡言的孩子。

罗丹长到十一二岁的时候，家里穷得常常揭不开锅，他的母亲切忠便让他去村里其他人家里偷一些东西。起初，罗丹有些不愿意，但在母亲的怂恿和逼迫下，他不得不常常去偷一些东西。

十八岁时，罗丹已经在他们那片草原上臭名昭著了，人们处处提防着他。就在这一年，他却爱上了一个姑娘。那是一个漂亮的姑娘，还有着不错的家境。经过交往，那姑娘也渐渐爱上了他。因此，他在心里发誓要改掉偷窃的毛病，重新做人，为自己找回好名声。但当那位姑娘答应要做他的新娘，他去向姑娘家里求亲时，姑娘的父亲蛮横无礼地当众指着他的鼻子羞辱了他，并把他赶了出去。之后，那个姑娘被迫嫁到了很远的地方，再也没有音讯。

这件事深深地刺痛了他的心,激起了他强烈的逆反心理。从那以后,他偷得更加厉害了,而且偷窃的技术越来越高明,几乎没人能抓住他的把柄;从那以后,他几乎对所有的富人都产生了一种仇恨的心理,专门去偷富人家的东西,简直有些丧心病狂。

后来有一次,他偷窃了四方群众为修复寺院而捐献的钱物,激怒了几位部落头领。他们发誓要捉住他,为民除害。

经过一段时间的周旋,他终于被捉住了,并按当时的部落法判处了死刑。

他被处以极刑的那一天,天空里飘着雪,刑场上聚集了很多人。人们对着他扔石头、吐唾沫、大声咒骂。他的头上渗出了血,他的脸被打破了,但他像是毫无知觉一般,用空洞的眼神呆呆地望着前方白茫茫的原野,一动也不动。

当行刑人走过来问他在临死前有没有什么请求时,他说希望能见上母亲一眼。

很快,有人将他的母亲带到了他的身边。母亲看见他的样子,也忍不住大声哭了起来。

罗丹一步一步,慢慢地踱到母亲面前,跪下来,看着母亲的脸,说:"阿妈,是您赐予了儿血肉之躯,赐予了儿生命,并用乳汁把儿抚养成人,儿是多么地感激您啊!儿就要离您远去了,在这最后的时刻,儿只有一个请求,儿希望能最后尝一次您的乳汁。"

这时，人们停止了咒骂，停止了吐唾沫，停止了扔石头，静静地看着母子俩。

母亲切忠听了儿子的话，停止了哭泣，怔怔地望着儿子的脸。她十分清楚自己的双乳早已干瘪，再也挤不出一滴奶水了。但当她看到儿子罗丹一脸乞求地望着自己，便不再犹豫，蹲下来敞开胸襟，将干瘪的乳头放进了儿子的嘴里。

儿子罗丹吸吮着母亲的乳头，将额头紧紧地贴在母亲的胸前，不说一句话。渐渐地，他的嘴里充满了一种苦涩而甘甜的滋味。

母亲切忠的眼里也不由得流露出温情，轻轻地抚摸着儿子的脸，流出了眼泪。

雪染白了母子俩和周围的人群，使他们看起来像一组白色的雕像。

突然，母亲切忠发出一声撕心裂肺般的惨叫，随之倒在了地上。

罗丹依然跪在地上，从嘴里吐出了那块咬下来的血肉模糊的乳头，泪流满面地说："阿妈！您不要怪儿太狠心了，这一切只能怨您没有尽到一个母亲应尽的责任！要是您当初不逼着儿去偷东西，要是您当初对儿稍稍加以劝阻，儿就不会落到今天这个下场！阿妈，这一切都是因为您……"

人们个个呆若木鸡，瞪大眼睛看着眼前这悲壮的一幕，竖起耳朵倾听着这惊天地泣鬼神的诉说。

雪更大了，风更紧了。罗丹从容地站起身来，看了一眼行刑人，迈步走上刑场……

柔旦讲到这儿就停下了，他的脸上充满悲壮之色，好像故事中的主人公罗丹就是他自己。

我的内心被他所讲述的故事强烈地震撼着，久久不能平静。心想，比起这个真实的故事，自己虚构出来的那个故事是多么地苍白无力啊！我暗暗下了决心：回去后一定要下一番功夫把这个故事写成一篇优秀的小说。

待我俩稍稍安静下来，走出这个故事悲壮的氛围之后，我十分认真地对柔旦说："我一定要写好它，下次带给你看。"

柔旦像是嘲笑似的看了我一眼，用一种异样的口气说："我看你还是回去找个女朋友，好好地体验体验真实的生活吧，不要再挖空心思、自讨苦吃地编造那些个故事了……"

说完，他竟轻轻地笑了起来，而我却陷入了沉思之中。

诗人之死

诗人杜超去世快一年了。

现在,在这个小镇上提起诗人的名字,大多数人都会骂着说"那个疯子""那个凶手"。

大概十个月前,在为诗人杜超举行的追悼会上,我朗诵了诗人的一首诗歌代表作。那天,参加追悼会的只有诗人的前妻梅朵吉和几个朋友。那首诗叫《今夜,我是坟地》:

今夜,我是坟地[1]

这死后复活的故事
是我不敢宣示于人的临终遗言
我怎么可以继续对你保密呢

今夜,我该拜谁为自己的依怙[2]
那一夜的恐惧
甚至改变了鹰隼飞翔的姿势
一切都应从此结束
因为这个
我是坟地
什么样的一种选择
在等候世间的谁或什么

---
1 此处引用藏族诗人周江的诗。
2 依怙:藏传佛教中对保护神或护法神的一种称谓。

今夜，我是坟地
是让灵魂重新附体的坟地
是让尸体起死回生的坟地

常给我疼痛的人啊
我的居所是慈悲的世界
随时欢迎你的光临
坟地有很多复活的歌者
坟地，是雄鹰含悲降落的人间一隅

如果，群山期待的是一只雄鹰
那么，何处是雄鹰最终的归宿
有多少次，雄鹰
为谁而冲向苍天
雄鹰返回时
坟地飞扬着幽魂和风马旗
雄鹰离去后
坟地到处是凄惨的呻吟
雄鹰啊
也不从高空中回头望一眼
我的整个命运
你要飞向人世间的什么地方

还有，坟地朗诵着未到死期的遗嘱
今夜，当西风从坟地吹过

坟地，就是故乡的邻居

今夜，我是坟地

我怀念着雄鹰

我朗诵这首诗时，只有诗人的前妻梅朵吉在轻轻地啜泣着，其他几个朋友只是静静地听着，偶尔发出几声咳嗽声。我朗诵完诗，除了梅朵吉的啜泣声，什么也听不到。已是寒冬时节，外面下着大雪，没有一丝风，空气里死寂一片。

屋中央的一块方桌上摆着诗人的遗像和一本诗集，前面搭着几条洁白的哈达。这些是我和几个朋友特意布置的。那幅遗像是诗人大学毕业前照的，他的毕业证上也是那张照片。照片上的诗人只是二十出头的样子，眼神里充满智慧的深邃，洋溢着青春的光彩。那是诗人自己也很满意的一张照片，因此当时特意做了放大，保存到了现在。那本诗集是诗人这一生正式出版过的第一本诗集，也是最后一本诗集。可以说，那本诗集是诗人三十多年人生旅程的一次总结，几乎囊括了诗人创作的所有诗歌。

诗人的真名叫索南达杰，杜超是他的笔名。杜超是藏语，意思是坟墓。关于他的笔名还有一个故事。

在大学二年级或三年级的某个暑假，诗人回到了故乡。诗人的故乡是个离城市很远的村庄。整个村庄有一百多户人家，六百多口人。在方圆几里可以说是大村落了。村子的西头有一片荒地,是方圆几里那几个村庄共用的坟场。平常村里的老头老太们总是喜欢讲一些和坟场有关的鬼故事,因此即使在白天,一个人去那一带放羊,也会有一种阴森森的感觉。

收完庄稼,诗人和村里的另外两个大学生在村边的大柳树底下喝啤酒、聊天。他们从中午开始喝,一直喝到了黄昏时分。那天是藏历七月十六,夜幕将要降临时,一轮皎洁的月亮从东方山顶慢慢露出脸来,把周围的一切都照亮了。在月光下,他们又喝了几瓶啤酒。这时,他们基本上都已经醉了。诗人醉眼蒙眬地看着另外两个大学生说:"我们总是在说一些大话、空话,总是在说自己有怎样的勇气、怎样的胆量,那么今晚咱们就来验证一下,看看谁能去坟场。"

这番话一开始让另外两个大学生朋措和旺加怔了一下。他俩盯着诗人的脸看了一会儿,突然把啤酒瓶子扔到一边,兴奋地说:"我们都是受过现代教育的大学生,还怕这个不成!走,现在就走!咱们一起走!"

诗人狡黠地笑了一下,说:"咱们不能一起走。如果真有那样的胆量和勇气,咱们可以打个赌。咱们分头走,到时谁到不了那儿,就罚谁一百块钱!"

朋措和旺加马上就同意了。他们的路线如下:朋措从村里的大路直接出发,旺加和诗人从村子两侧的小路出发,目的地是坟场中央的那块巨石。

最后,只有诗人一个人到了坟场中央的那块巨石边。诗人在那里等了半个多小时，也没有看到朋措和旺加的影子。随后，一阵困意袭来，诗人打了个哈欠，就在那块大石头上睡着了。

当他醒来时，已是半夜。酒虽然没有完全醒过来，但他的头脑是清醒的。皎洁的月光下，一阵清风徐徐吹来，给诗人一种很特别的感觉。月光下的坟场寂静无声，坟地就像是一个个小土丘。在这样的时刻，诗人不但没有感觉到一丝的恐惧，心里反而充满一种前所未有的诗意。他觉得自己就是这朦胧的月光下一个安静的坟地，灵魂正栖息在地底下，倾听着汹涌的海浪。他突然间强烈地想写诗。他翻遍每一个口袋，除了一支钢笔之外什么也没找到。他脱下白衬衫，铺在那块大石头上，借着月色，一口气写下《今夜，我是坟地》这首诗。写完诗，他也彻底地清醒了，他用力将钢笔扔向坟场，穿上衬衫，在那块大石头上陷入了沉思。

从那以后，诗人给自己起了杜超这样一个笔名。那首写在白衬衫上的诗也发在了某家著名的文学刊物上，在读者群中引起了强烈的反响。那首诗也成了那一时期他的代表作。

诗人大学毕业后，分配到了我们这个小镇上。我俩也是在这个小镇上认识的。那年，政府拨款给文联一万元人民币，举办了一次已经中断了好几年的文学创作研讨会。那一次，我们这个地区搞文学创作的基本上都聚到了一起。我早就听说过诗人的名字，但见到他还是第一次。研讨会上，诗人阐述了自己的诗歌观点，还和大家分享了自己的创作经验。他的讲话很特别，深深地吸引了我。轮到我发言时，我发现他也在很仔细地听。当时，他还问了我一个问题，听了我的回答，似乎很满意的样子，不停地点着头。吃晚饭时，我俩正好在一个桌子上，就一边吃饭，一边聊了很多关于文学的话题，很是投机。

研讨会结束的那个晚上，我俩去了一个小饭馆，点了几个菜，要了几瓶啤酒。吃得差不多时，我们已经喝了五六瓶啤酒。那时，诗人的脸已微微涨红了，话也多了起来。话题深入到一定程度之后，诗人突然间紧紧抓住了我的手。我看见他的眼里已蓄满了泪水。他用很信任的目光看着我，说："我俩虽然成了朋友，但是你怎么可能知道我心里的苦楚呢？我心里的苦只有我自己知道。"

说完话，泪水已溢出了他的眼眶。我不知他怎么突然变成这样了，就说："你心里有什么苦楚就尽管说出来吧，也许我能帮你分担一些呢。"

他听了我的话，泪水又一次溢出了眼眶。他低下头呆了一会儿，又抬起头叹了一口气，说："我和我妻子之间没有任何感情。她叫梅朵吉，和我是一个村子的。她没上过学。我已故的父亲和她的父亲是莫逆之交。在我很小的时候，我们的父母就给我们定了娃娃亲。我上大学那年，我父亲一病不起。他觉得自己可能不久于人世，就叫我回去和梅朵吉成亲。我和她之间没有任何感情的基础。我心里很不愿意这样，但又无法违背弥留之际的父亲的愿望，就只好答应了。说实话，她长得很好看，也很勤快，父母对她就像对自己的亲生女儿一样。但是，她只是我名义上的妻子，我们之间没有什么话可谈。你知道我的那种感受吗？"

他的话让我有些意外，我的眼前浮现出了一个乡村女孩的身影。我想，那个女孩的心里一定也和诗人一样，有着同样的苦楚。在同情诗人的同时，我对那个女孩也生起了一丝同情。我安慰诗人说："再怎么说你们已经是夫妻了，感情是可以慢慢培养的嘛。"

诗人冷笑了一声，脸上的表情有点怪异。他盯着我，说："你还不知道我是个什么样的人。这不怪你。咱俩认识的时间也不是很长，彼此没有太多的了解。了解一个人是需要一定的时间的。你刚才说的也不是没有道理，刚开始时我也是那样想的，我也希望在我们之间能培育出一朵情感的小花。但是不管我怎样努力，也没有什么结果。其实她很喜欢我，任何事情都会听我的。但是我在她身上找不到那种感觉。大学毕业后，我也努力过。我想只要我们有个小孩，我们之间的这种状况也许就会改变。但是已经过去了四五年，她没有怀上孩子。这能怪我吗？你觉得我还能怎么做？我的努力没有结果。因为她怀不上孩子，母亲也渐渐对她产生了看法。"

说完,他长长地叹了一口气。

我不知道该说些什么,就打开两瓶啤酒,给我俩各自倒了一杯,把话题引到了其他方面。

那次文学研讨会之后,我和诗人之间的关系变得密切起来。平常的一些节假日,我们几个喜欢文学的朋友便聚在一起喝酒聊天。诗人平常喜欢喝啤酒。喝到一定量时,他就喜欢谈论自己的文学观点。他认为文学就是一种感觉,诗歌尤其是如此。他还说,文学作品中没了那种特别的感觉,就等于没了灵魂。只有很少一些朋友赞成他的这些观点,大多数人都持反对意见。反对他的朋友中,有些说文学是社会生活的一种表现方式,有些说文学是人格的一种表现方式,也有些人说文学是心灵的艺术,是人的内心世界的特殊表现方式。和这些朋友争辩时,他会说,你们的这些观点只是很老旧的文学理论书上的一些观点,不是你们切身的心灵感受。无论大家争辩得再激烈也不会伤到彼此间的感情。由于他的秉性,有时候看到一些报刊将他的诗歌改得面目全非时,他会止不住地叹气。他说他的诗歌是自己某个时刻的一种特殊的感觉,或者是开放在心灵之上的一朵残酷之花,别人这样随意地修改,他心里会有一种刺痛的感觉。所以从某个时候起,给编辑部寄自己的诗作时,他必定要附上一个声明:"请不要随意修改我的作品。"没过多久,许多报刊的编辑觉得他太傲慢,就很少发表他的作品了。很多喜欢他的诗歌的读者写信或打电话说,他们对他抱有很大的期望，希望他继续写出好的诗歌。为此，他也常常变得很郁闷，喝醉酒时总是怒气冲冲地说，自己写诗只是为了心灵的需要，不是为某些文学编辑和文学杂志而写的，还说以后绝不会给任何杂志社投稿。然而，酒醒后他还是显得很郁闷。

诗人的几个同学说，大学毕业后，诗人在性格上还是发生了一些变化，似乎也明白了很多事情不能完全由着自己的性子来。大学时，他是一个特别注重个性的人。他经常说，个性是证明自己是自己的唯一标志。他喜欢把佛祖释迦牟尼的一句话挂在嘴边："自己是自己的主人，别人无法拯救你。"说完这句话之后，他总是说："我佛释迦实在是一个伟大的思想家啊！"一次，他们三个志趣相投的同学去拜见一位仁波切。那位仁波切对藏区的教育事业做出过很大的贡献，他们一直想去拜访他。到仁波切家门口时，诗人突然问："我们见了仁波切磕头吗？"

"他是藏区的大活佛，我们当然要磕头啊。"两个朋友不假思索地回答。

诗人想了想，很认真地说："我们这样去拜访仁波切，我看磕不磕头是最关键的问题。我们一直都强调人与人之间的平等性，那么我们为什么还要对着另一个人磕头呢？如果磕了头，不就是对自身价值观的一种否定吗？所以，我觉得我们不应该磕头。"

见到仁波切时，仁波切正以慈爱的目光看着他们。看见仁波切无比慈祥的面容，诗人的两个同学不由得磕了三个头。诗人看了看他俩，从怀里拿出一条洁白的哈达上前，献给了仁波切，顺便做了自我介绍。仁波切让他的两个同学坐在一边，握着诗人的手，很有兴致地聊了起来。他俩聊得很投机，不知不觉聊了三个多小时。

后来，诗人和仁波切成了很好的朋友。诗人的很多同学和朋友都知道这件事。因为这样一些事，诗人在他们中间的威望也很高。

随着和诗人交往的深入，我对他的了解也更深了。小时候，诗人的家境不是很好。那时候，上小学不用交学费，所以他很顺利地念了下来。因为没有兄弟姐妹，再加上体弱多病，所以他上小学时经常受一些比他大的或者身体强壮的孩子欺负。那时，他经常想，如果自己也有几个兄弟姐妹，那该多好啊。上初中时，父亲开始断断续续地生病，家里的境况每况愈下。上高中时，学校开始收学费，这对他家里形成了很大的压力，有两三次他都想退学不读了。但因为他成绩好，尤其在写作方面特别突出，所以他的带班老师想方设法把他留住了。高中毕业时，父母亲希望他留在家里操持家务，但后来他又考上了大学，父母也就没有阻拦，想办法让他继续上学。上了大学之后，他的写作才华更加突出了，第二学期便被冠以"校园十大诗人"的称号，当上了诗歌协会的会长。大学二年级快到暑假时，父亲病情突然加重，就把他叫回家里,让他和梅朵吉成了亲。没过多久,父亲便去世了,他心里悲痛不已。家里一下子失去了顶梁柱,诗人不知所措。母亲和妻子梅朵吉让他重新鼓起勇气回到了学校。接下来的两年中,母亲和妻子把家里的二十几头牲畜卖出去,给他交了学费和生活费。就这样,在家境极度窘迫的情况下,他结束了四年的大学生活。

我和诗人相识之后的一件事至今令我难忘。那是一个寒风呼啸的下午,我在办公室上班时,桌上的电话突然响了起来。是诗人的电话,他在电话里说:"你现在若有时间,请到电影院旁边的小饭馆来一下,我想和你说说话。"

我说了声"你等着",就关上办公室的门出去了。

我赶到那个小饭馆时,饭馆里只有他一个人。他前面的桌子上摆着几个凉菜和一瓶白酒,酒已经喝掉了二三两。那天他脸色红润,眼神也有点特别。他让我坐在旁边,倒了一杯酒,有些兴奋地说:"外面虽然刮着刺骨的寒风,我的心里却充满了温暖。"

我有些摸不透他在说什么,就喝了他敬我的酒,说:"我听不懂你在说什么。"

他一下子站了起来,对着我笑了一下,脸上的表情又一下子变得悲伤起来,缓缓地说:"我一定要和梅朵吉离婚。我一定要开始一种新的生活。"

我看着他脸上变化不定的表情,更加不知道他在说什么了。

他又坐下来自己喝了一杯。

我看着他的脸问:"你是不是喝醉了?"

他叹了一口气说:"我没喝醉。以后你会明白我在说什么的。"

后来,我才明白了他那天说的那句话的意思。

我从诗人的一个大学同学那里听到了一些以前他从没向我提起过的事。据那个大学同学说,诗人在大学期间和一个女孩产生过感情。毕业后,他们被分到不同的地方,才好像中断了联系。那个同学说,这件事情很少有人知道,所以嘱咐我千万不要说出去。我虽然很惊讶,但没在诗人面前提起过这件事。

五一劳动节时放了几天假,我和几个朋友就去青海湖采风。看见蓝色的湖,诗人显得很兴奋。他说他从没见过湖,这是第一次看见湖。他像个小孩一样,在湖边跑来跑去的。看见几个小孩在湖边的浅水处光着屁股嬉戏游玩,他也脱光衣服,冲向了他们。周围的很多游客都用惊讶的目光看着他,低声嘀咕着什么。他的举动弄得我们也有些不自在。但是看到他那天真烂漫的样子,我们几个朋友又很为他高兴。他还写了几首诗,说感觉很不错。

他喜欢在黄昏时看太阳慢慢从湖面上落下去,在清晨时看太阳慢慢从湖面上升起来。他几乎每天都要看，说这种壮观的景色令他心潮澎湃。他还用一个傻瓜相机把不同时间的日落和日出的情景拍了下来，而且拍得还很美。

有一天，太阳快要落下去时，我和诗人去海滩散步。我俩边走边聊，慢慢地，话题就转到了他的情感方面。我想起他在大学时期的那段感情经历，就试探性地笑着问："你在感情方面是不是还隐瞒了什么？"

说完，我就看他脸上的表情。

他停下脚步，看了一会我的脸，然后转向湖面上快要落下去的太阳，长长地叹了一口气，说："你是不是从别人那里听到了什么？其实，我也很早就想把这件事告诉你的。"

"如果不能说，你也可以不说，我也只是从别人那里听说了一点而已。"我很认真地对他说。

他握住我的手，呆了一会儿。

那时，太阳从湖面上完全沉了下去。周围一下子变得朦胧一片，还突然刮起了一阵凉飕飕的风。

"太阳回家了。这是一个多么诗意的画面啊！生活需要诗意，但是现实又不需要诗意。因此，我们只能平淡地打发每一天的时光。"

说着，他的眼里蓄满了泪水，哽咽着不能自已。

天完全黑下来时，他从我手里要了一根烟点上，一边抽着，一边说了下面的话："大学时，我的内心其实很孤独。诗歌就像是一剂良药，滋润着我寂寞的心灵。在那段只有孤独和诗歌与我相伴的日子里，她进入了我的视线。她叫德吉,在美术系学习,对艺术特别狂热。开始时,我俩只是一般的朋友,有时在一起谈谈艺术什么的,不知不觉间产生了一种很微妙的感觉,等到知道彼此的处境时,已经到了谁也离不开谁的地步了。我把我的经历没有任何隐瞒地告诉了她。她听了之后只是淡淡地说:'除了我喜欢你,其他的都是次要的。'所以,大学期间我们一直保持着这种关系。但是,毕业之后,由于分到了不同的地方,联系也就越来越少了。"

说到这里,他长长地叹了一口气。

我拍了一下他的肩膀说:"我理解你的苦楚,你就不要再给自己增加压力了。"

之后,我俩就各自抽烟,没再说什么。

他抽完烟,把烟头扔到了很远的地方。看我还在慢慢地抽着烟,他又开始说话了:"你还记得那个寒风呼啸的下午,我跟你说的那些莫名其妙的话吗?"

我摇了摇头。

"那次我对你说,我一定要和梅朵吉离婚,我一定要开始一种新的生活。"

我的眼前浮现出几个月前他说这话时的情景,就赶紧说:"想起来了,想起来了。那次我说:'你是不是喝醉了?'你说:'我没喝醉。以后你会明白我在说什么的。'我还记得很清楚呢。"

他点了点头,又叹了一口气说:"是,就是那次。其实我对你说那句话时,我又遇见了大学时的那个女孩。"

他的话出乎我的意料，同时也勾起了我极大的好奇心，我催促道："但是那天下午，你为什么说出了那么一句奇怪的话？"

凉风从湖面上不停地吹过来，我不由得打了一个冷战，但是他好像丝毫没有感觉到这股寒意，平静地说："大学毕业后，她被分到一个偏远县上的中学当老师。从那以后，我们俩的关系也就渐渐地疏远了。后来的两三年里，我很少听到她的什么消息，也没有特意去打听她的消息。我想她可能早已有了自己的家庭。但是，她那次到镇上，我们见了一面之后，我才知道事情并不是我想象的那个样子。她说她的心里一直都放不下我，一直在默默地等待着我。我把我的境况又跟她说了一遍，她抱住我，说：'你这么长时间和一个没有感情的女人在一起，难道不觉得自己很可怜吗？一切都可以重新开始，我一直在等待着你。'她的话完全搅乱了我早已变得死气沉沉的心。经过几天痛苦的炼狱之后，我终于决定要和梅朵吉离婚了。现在你明白我当时那句话的意思了吗？"

之后，他又长长地叹了一口气，点上一支烟，默默地抽着。

我问："那你现在怎么想？"

他猛地吸了一口烟，又叹了一口气说："现在我的心里很犹豫，很矛盾，不知道该怎么办。说实话，虽然我对梅朵吉没有感情，但她是一个好姑娘。

自从我父亲去世之后,她一直在照顾我的阿妈。我身为一个男人,不能对父母尽一点孝心,实在惭愧啊。所以,梅朵吉可以说是我的大恩人,我没法对她说出这些事。我现在就像一个困在笼子里的野兽,不知道自己的出路在哪里。你能给我指一条明路吗?"

他一下子难住了我。别说是指什么出路,我都不知道该怎么安慰他了。

见我不说什么话,他继续说:"我是一个多么虚伪的人啊!以前我做过一些对不起梅朵吉的事情,有时想想自己真是一个品行卑劣的人。大学三年级的冬天,梅朵吉带着家里的许多食物来看我。她是第一次到城里,我可以想象她在路上吃了多少的苦。但是我为了不让老师和同学们知道我在家乡有一个妻子,就把她带到外面,住在了一个小旅馆里。她说她很想到我学习的地方去看看,但被我想方设法地拒绝了。第二天,在街上被我的两个同学看到了,我还对他们说她是我的妹妹。她听到这话在偷偷地抹眼泪。我带她随便转了一天,就撒谎说最近学习很紧张,把她送回去了。临走时,我用她带来的钱给她买了一件绿衬衫。那件衬衫到现在她还保存着。每当想起那次的事,我心里总不是滋味。"

听了他的这些话,我也莫名地很气愤,对他说:"这事你真的是有点过了!平常你不是老是说要尊重每一个人吗?梅朵吉也是和我们一样的人,你为什么不尊重她的感受呢？你作为一个诗人就更不应该这样了。如果那时我在你身边，我一定会狠狠地扇你一个耳光的，一定会的！"

那天晚上，我俩在湖边聊了很长时间。第二天，两个人都得了重感冒。

这世上的很多事情都往往是出乎你的意料的。那次我们从青海湖回去四个月后的一个下午，诗人又打电话，让我去那个小饭馆。

我处理完手头的一些事情赶过去时，他已经喝醉了。那时已经是冬天，外面虽然很冷，但饭馆里很温暖。他看了我一眼，又拿起酒干了一杯。他的脸色很苍白，让我心里很难受。我点了一根烟，只是慢慢地抽着，没有对他说什么。大概过了十分钟，他突然开口了："我跟梅朵吉离婚了。"

这话让我很惊讶。他脸上满是痛苦的表情，拿起一杯酒又要喝。

我一把从他手里夺过杯子说："到底发生了什么事？"

他又不说话了。泪水慢慢地溢出他的眼睛，从脸上流了下来。

"我不想继续这样的生活。我也是一个普通的人，我也想像普通人一样生活。我现在过的是怎样的一种生活啊……"

待他稍稍平静下来之后，我对他说："但是你也应该为梅朵吉想想,再怎么说她也是你名分上的妻子啊!"

"这次她也是同意的。"他擦掉脸上的泪水说。

我只有看着他的脸,说不出什么话来。

他自顾自地继续说:"你知道我和梅朵吉结婚已经好多年了,你也知道我家里只有我一个儿子,但是梅朵吉没有生育能力,不能为我们家延续香火,所以我还能怎样呢?我和她之间没有感情,这我可以忍受,但是我为何不能和别人一样有个小孩呢?我回到老家对阿妈说了要和梅朵吉离婚的想法。阿妈长长地叹了一口气说:'梅朵吉是个很好的姑娘,但是我们家必须要延续香火啊。'她就同意我们离婚了。之后,我又到梅朵吉的父亲那里向他说明了情况。梅朵吉的父亲和我父亲是结拜兄弟,就没对我多说什么,只是说了声:'我可怜的女儿啊!'对梅朵吉说这件事时,我们其他人已经商量好了。一开始,她用不相信的眼光仔细地看我和阿妈,还有她的阿爸和阿妈,说不出一句话来。渐渐地,泪水像断了线的珠子,从她眼里滚落下来。那时,我像个罪人一样在她面前低下头来。阿妈和她的父母在不停地安慰着她。"

这时,我从心底里对他的妻子梅朵吉生起无比的怜悯,对他的样子十分厌烦,嚷嚷着说:"你这个卑鄙的家伙,你用阴险下流的手段撕碎了一个善良女人的心!你这个口口声声谈论什么人的价值的虚伪的家伙,现在露出你的真面目了吧?你不配做一个真正的诗人!"

没想到他也激烈地反驳了我:"是的,你说得很对!但是现在,我对我自己的人格都无法做到应有的尊重,所以,正如你所说的,这一切不是都显得很虚伪吗?你不用高高在上地对我高谈阔论,你那样的境界我也有,就是失去诗人这样一个空架子我也无所谓。我为什么要对你说这些!我们是两个不同的个体,我心里的痛苦你是永远也感受不到的。从现在开始,你不用再管我的事了……"

那个下午,我们之间发生了很大的争吵,吵得不依不饶、相执不下。我俩都怒气冲冲地各自回去了。

从那时起,诗人没再向我说起过任何他感情方面的事。

那年新年时,诗人和他大学时的女同学德吉结婚了。婚礼的前前后后都是我们几个朋友帮着张罗的。

一年后,德吉从那个偏远的小县城调到了我们这儿的文化局。德吉调到这儿大概三个月之后,诗人被派到一个偏远的山村做为期一年的扶贫工作。

诗人结束扶贫工作回来又过了三个月,德吉生了一个男孩。小孩满一百天时,诗人把朋友们叫到家里,庆祝了一番。

那天,诗人的兴致很高,酒喝到一半时特意为儿子写了一首诗,当众朗诵起来。等到小孩两岁时,他和德吉离婚了。

过了两个月,德吉和诗人单位的局长更嘎结婚了。法院把小孩判给了德吉,诗人每月要付两百元的生活费给德吉。

诗人没法在原来那个单位继续待下去,就调到了另外一个单位。有时候,我们几个朋友也过去安慰他。他说他没事,只是有时候想念自己的儿子。

后来,小孩三岁时的那年秋天,他的母亲去世了。他回到老家料理了母亲的后事。回来几天后的一个晚上,他用汽油把局长更嘎和德吉烧死,之后自己也跳楼自杀了。但是,他没有伤到小孩。

这件事在我们这个小镇上引起了很大的轰动,后来也传到了省上。一些新闻媒体就这件事展开了有关社会家庭伦理方面的讨论。小镇的人们对这件事议论了很长一段时间,之后就一个劲地骂他是个疯子、凶手。后来知道他是一个非常著名的诗人之后,他们对我们这些有共同爱好的人也加以冷嘲热讽,说这些搞文学的人脑子有毛病,要多加注意之类的,弄得我们常常不得安宁。但是,这个小镇的某些人也说这件事怨不得诗人,是德吉和局长的问题。

我和几个朋友怎么苦思冥想也想不出诗人为什么会做出如此过激的事情。

我和几个朋友对这件事的前因后果还不太了解的时候,关于这次事件在小镇上已经流传着这样一个故事版本:

诗人上大学时应父母之命和一个乡村的女孩结了婚，他俩之间没有任何感情基础。大学时，诗人和他的同学德吉之间产生了感情。但是因为诗人的处境，毕业后他俩各奔东西了。诗人分到了这个小镇上，德吉分到某个偏远的县上当中学老师。之后的两三年间，他俩失去了联系。就如诗人对那个乡村女孩没有丝毫的感情，乡村女孩对诗人也没有丝毫的感情。她在村子里有一个相好，诗人对此也有耳闻，但没有在乎。

后来，诗人和德吉在这个小镇再次相遇了。德吉说她一直没有结婚，一直在等待着他。诗人很感动，把自己心中的苦楚讲给她听。

诗人决定和乡村女孩离婚，然后和德吉结婚。诗人对乡村女孩提出离婚时，她很痛快地答应了，并且很快办了手续。没过多久，诗人就和德吉结婚了。但是，他俩还是过着分居两地的生活。

为了把德吉调到这个小镇上，过年时诗人带着她去了局长家，请求他的帮助。后来发生的事情都是从那时候开始的。他俩赶到局长家时，局长已有些醉了。局长给诗人敬酒时，时不时暧昧地看着德吉的脸。诗人虽然很反感，但还是忍住了。当他向局长提起德吉调动的事时，局长显得很爽快，说这个好办。正月十五晚上，局长约他们到他家做客，说商量德吉调动的事。他们到局长家时，局长说家里只有他一个人，老婆和孩子都到乡下老家去了。那天晚上，局长拿出两瓶茅台酒一个劲地让诗人喝，同时答应给德吉办调动手续。后来，诗人醉得不省人事了。早晨醒来时，德吉在一边梳着头。她说昨晚你喝醉后被局长送回了家里。她说话时的眼神有点古怪。其实就是在那天晚上，局长和德吉之间发生了关系。

一个月之后，德吉调到了这个小镇上。又过了一个月，诗人被派到一个贫困山村做为期一年的扶贫工作。一年后，德吉生了一个小孩，诗人觉得自己很幸福。但是，一年以后，德吉向法院提起诉讼，要求和诗人离婚。诗人不相信这是真的，问德吉为什么要和他离婚，德吉说，我不想跟着你过那种贫困潦倒的生活。诗人无话可说，从心底里感到了深深的失望。领离婚证那天，诗人请求把孩子给他，但德吉没有答应。法院判定诗人每月付给德吉两百元的生活费。他俩离婚没多久，年过半百的局长也办了离婚手续，并很快和德吉登记结婚了。诗人没法继续在原来的单位待下去，就调到了其他单位。

两年后，诗人的母亲突然去世，他悲痛不已。那时，他心里特别想看看自己的儿子。他到局长家里，说自己想把孩子领回去住两天。局长和德吉把孩子领到他面前，嘲笑说这不是你的儿子，以后不要来找我们。那个孩子对着局长叫了几声阿爸，瞪着他不说话。第二天，诗人打听到孩子在幼儿园，就买了五十斤汽油到了局长家，反锁住门，把汽油从门缝里倒进去点燃了。后来知道自己无路可逃，他就从六楼跳楼自尽了。

上面这个版本在小镇上广为流传，但我和几个朋友很难接受这种说法。我们想，发生这样的事肯定另有原因。

后来，我们在整理诗人的遗物时找到了一个日记簿。那个日记簿上记着诗人到这个小镇之后所有重要的事情。从下面的三篇日记里，我们知道了造成这场悲剧的原因。

7月18日

电报上写着：阿妈去世了，速回。电报是梅朵吉发的。看到电报，我的脑袋里有一阵子空白一片。渐渐地，阿妈的面容浮现在了眼前，我不禁泪流满面。当时我就雇了一辆车往回走。想起这一生没能好好地报答母亲的养育之恩，我的心里一阵阵地刺痛。尤其是我和梅朵吉离婚之后，家里就只有她一个人了，她肯定是吃了不少的苦。那次回家后阿妈说，梅朵吉和我离婚后，嫁给了村里一个比她大十岁的光棍。她还是称我的母亲为阿妈，总是去帮着干些杂活什么的。和德吉结婚之后，我总是想起梅朵吉。回想起来，她真是一个正直善良的女孩啊。但是说这些有什么用呢，就像俗话说的"珍宝在自己手里，不知道珍宝的价值；珍宝在别人手里，后悔也为时已晚"，这一切都已经晚了。我赶回家时，我的几个亲戚、梅朵吉，还有她的父母都在忙碌着。梅朵吉看到我，只是点了点头，脸上带着悲伤的表情。我也只是点了点头，没说什么。那时，阿妈的慈祥面容又浮现在了我的眼前。我痛苦无比，却没有流出眼泪。我想阿妈肯定不喜欢看我流泪，从小她就对我说，男儿有泪不轻弹。我虽然是一个感情脆弱的人，但从没在阿妈面前流过泪……

7月20日

清晨为阿妈举行了葬礼，许多亲戚老乡在念诵嘛呢经，为阿妈祈祷。因为单位有急事，我下午就得赶回去。邻里亲戚流着眼泪为我送行。舅舅说，满四十九天时一定要回来。梅朵吉也在前来送我的人群之中。我快要上路时，她才走上前给了我一个装着家乡锅盔的袋子。那时，我才发现她怀里抱着一个小孩。我很惊讶地问这是谁的孩子，她低下头说这是她的孩子，已经一岁了。我更加惊讶了，说不出什么话来。在亲人们悲伤和关切的目光里，我上路了。在车里，我眼前又浮现出了梅朵吉和她怀里的小孩。梅朵吉能生小孩是大大出乎我意料的。后来，我开始怀疑自己没有生育的能力……

7月21日

我去人民医院做了检查。检查结果出来了，医生满不在乎地说你没有生育能力。这个结果就像是一个晴天霹雳，把我的心都击碎了。原来，这一切不过是一个充满欺骗和谎言的阴谋。我还一直以为自己有了一个可以延续生命和香火的儿子呢……我的心里充满愤怒。我直接去了德吉的办公室。我把她叫出大门，问那个孩子到底是谁的。她冷笑了一声，说，你是不是不想付每月两百元的生活费了？我把检查结果给了她。她看了一眼，说，你这个时候才知道自己没有生育能力，你真是可怜哪。说完就回办公室了。那时，我暗暗决定绝不会就这样轻易放过这对狗男女。天黑之后，我买了五十斤汽油去他们家。但是，到门口时，我听见从屋里传来了小孩的哭声。那时，我又犹豫了。我心想孩子毕竟是无辜的，就又回去了。但是……

看了这三篇日记，真相已然大白。我们禁不住为诗人流泪。

现在，诗人杜超去世已经整整一年了。诗人留在这个小镇上的除了"那个疯子""那个凶手"等几声谩骂和一本薄薄的诗集之外，什么也没有。但是，我和几个朋友在为他感到深深的惋惜的同时，依然从心底里怀念着他。

忧伤的奶水

我和我妻子最近有了自己的孩子。

我和我妻子同岁。我们二十二岁的时候结婚，三十岁的时候才有了自己的孩子。终于有了自己的孩子，我们都很高兴。结婚以后，为了有个孩子，我和我妻子拜过佛，求过神，做过各种检查，试过各种偏方，但是都没能如愿。有一段时间，我甚至想放弃要孩子的念头。我跟我妻子说，咱们领养一个算了，慢慢地有了感情，就跟自己亲生的差不多了。我妻子问我，谁愿意把自己的孩子给你领养？我说，我乡下那么多亲戚，领养一个肯定没有问题的。我妻子想了想，说，领养的跟亲生的还是不一样，咱们再努力努力吧。我说，咱们怎么努力？医院都看了多少遍了，我没有问题，你也没有问题，咱们还怎么努力？我妻子说，再等两年吧，也许时机还没到呢。她对这件事情表现出了前所未有的执着和冷静，我都有点害怕了。

说来也怪，我妻子说那话的第二年，她就怀上了。我妻子说，老天爷有眼，咱们的努力有了结果了。我趁着妻子不注意，叹了一口气，但还是被我妻子注意到了。她说，我终于怀上了自己的孩子，你怎么还叹气啊？我当着她的面又叹了一口气，说，没什么，没什么，我这叹气是因为高兴。她就没再说什么。

从怀上孩子到孩子出生之前，一切都很顺利。快接近临产期时，我母亲特意从乡下赶来陪我妻子。我母亲指挥我妻子干这干那，从来不让她闲下来。我看着都有点过意不去，对我母亲说，你就让她多休息休息吧。我母亲说，这个你不懂。我妻子也笑着说，让我多活动是对的，这样生孩子的时候就不会有危险了，阿妈这样是为了我好呢。我说，但是这样也太累了，对肚子里的孩子不好吧？我母亲笑着说，不懂的事情你就不要瞎操心了。我母亲甚至都说胎位这么正常，不用去医院生产了。这个我没有同意，我说万一大人小孩有个意外怎么办啊？

孩子很顺利地出生了，是个男孩，五斤二两，医生说比正常的孩子小一点，但是很健康，没什么毛病。在医院妇产科刚待了一周，医生就催我们办手续出院了。

出院后问题就来了。出院后没两天，孩子他妈妈没有奶水了。孩子一饿就大声地、歇斯底里地哭个不停。我妻子比当初没有怀上孩子时还焦虑，她说，一定要想办法让孩子吃上母乳，这对将来孩子的体质、免疫力有很大影响。再说这个孩子生下来那么小，身体里肯定是缺什么东西，这就需要后天来补了，尤其在发育阶段，需要用母乳来补，错过了发育期，以后再补也没什么用了。我母亲说，那咱们就想想办法吧。孩子依旧哭个不停，我就说，那现在怎么办？总不能让孩子饿死吧？我妻子这才意识到了问题的严重性，说，你快去买奶粉，买那种日本进口的奶粉，国产的那些奶粉我不放心，先应付两天，但一定得让孩子吃上母乳。

我妻子告诉我一个卖那种日本进口奶粉的店的地址，我赶紧穿上衣服去买。我出门时，我母亲也跟在我后面说，我也跟着你去认认地方，以后需要奶粉了，万一你不在我也可以自己去买。

那家店不太远，我和我母亲就走路去了。我和我母亲经过中心广场时，看到几个幼儿园的孩子在蹦蹦跳跳地玩，就由衷地感到了一种幸福，心想人的一生中有个孩子真好！我母亲在一边催我快点走。

我俩到了那家指定的店，买了日本进口的奶粉之后就赶紧往回走。经过中心广场时，那些孩子都不在了。可能是被他们的爸爸妈妈接走了。这时，我母亲突然问我，你还记得你小学时的同班同学达杰吗？我说我当然记得，他是我们班里身体最强壮的一个，但是学习不太好。我母亲又问，他没有向你借过钱吧？我想了想说，没有啊，怎么了？我母亲说，前两年他碰见我，总是问我你在城里过得怎么样？我说你娶了一个城里的老婆，过得很好。他说你比其他同学都聪明，他还说那时候他就知道你能去城里生活。走了两步，我母亲接着说，后来他向我要你的电话号码，我没有给他。我说，你怎么不给他啊？我母亲说，我担心他向你借钱啊，我听说他那两年打麻将赌博，到处借钱，欠了别人不少钱。我说，是这样啊，他要是有什么其他事，我肯定会帮他的，但是他打麻将赌博，我肯定不会帮他。

其实，前两年，我小学同学达杰给我打过电话。他拐弯抹角地说了一大堆之后，问我能不能借给他三千块钱。我犹豫了一下，找了个借口，没借给他。他说好吧，你在城里生活肯定也很难，以后你回老家，一定要让我知道啊，我请你喝啤酒。

这时，我母亲看着我手里的奶粉说，这日本进口的奶粉这么贵，它跟其它的奶粉有什么区别啊？我说，我也不知道，大家都说这进口的奶粉比国产的好，营养价值高，质量有保障。我母亲就说，哦哦，这些我不懂，孩子喝了没事就好。

我没再继续奶粉的话题，问我母亲，达杰他现在还打麻将赌博吗？我母亲站住，看着我说，你还没有听说达杰的事情吗？我说，我没有啊，什么事？我母亲叹了口气说，他死了，听说是欠了别人的钱，被别人用刀子捅死的。我很惊讶，问，什么时候的事？我母亲说，就是今年年初的事，当时还去医院抢救了，但是没有抢救过来，听说是捅到了肺上，哎。我问，那捅他的那个人呢？我认识那个人吗？我母亲说，你应该不认识那个人，那个人是邻村的，当天就被公安局抓走了，听说马上就要判刑了，可能是死刑。母亲又说，我见过那个人，你要是见了那个人，肯定也想不到那样一个人会杀人。

我没再说什么，脑海里不断地出现已经不在了的达杰的样子。我想了想，我已经有好几年没有见到他了。这时，我母亲又说，哎，达杰小时候还是喝山羊奶长大的呢，而且那山羊还是咱们家的。我看着我母亲"啊"了一声，我母亲继续说，达杰阿妈生下达杰后没有奶水，那时咱们家那只山羊产了羊羔。那是那只山羊第一次产羊羔，奶子很多，除了能喂饱小羊羔，咱们还能挤奶熬奶茶喝。我问，然后呢？我母亲说，然后达杰的阿爸就找到你阿爸说，把你的山羊卖给我吧，我老婆给我生了个儿子，但是孩子他妈没有奶水给孩子喝。你阿爸问，你打算出多少钱？达杰的阿爸说，现在市场上一只山羊八九十块钱，我给你一百块，羊羔我不要，羊羔你可以留着。那时候家里很缺钱，你阿爸就把山羊卖给了达杰的阿爸。达杰的阿爸领走山羊时，那只山羊看着小羊羔"咩咩"地叫着怎么也不肯走，小羊羔也跟在它后面叫个不停。最后，我抱住小羊羔，达杰的阿爸用绳子牵着，你阿爸从后面推着，才把山羊给拉走了。但是那只山羊还时不时从达杰家跑回来给它的小羊羔喂奶。后来，达杰的阿爸用绳子把它拴在了畜圈里，它就再没跑回来。

　　我问，那只小羊羔呢，它喝什么？我母亲笑着说，我总不能让它饿死了，我从亲戚家里要牛奶喂它，后来给它喂面糊糊，后来它能自己吃草了，就长大了。我没再说什么。走了几步，我母亲又说，但是后来还不到一个月，那只山羊就没有奶了。我停下来看我母亲。我母亲说，听达杰的阿爸说，刚开始的时候，山羊的奶水很多，那奶水多得从奶头往外漏，除了达杰吃得饱饱的，他们全家每天早晨还可以熬奶茶喝。我问，后来怎么就没奶了？我母亲说，听达杰的阿爸说，那只山羊被拴住之后，它就每天每夜地叫个不停，我想它是想念它的小羊羔了，还不到一个月，它的奶子就干了，挤不出奶水来了。我问，那后来呢？我母亲说，后来达杰的阿爸就把那只山羊送回来了，要你阿爸退钱。你阿爸说已经卖给你了，退不了。达杰的阿爸说，这只山羊现在没有奶了，对我也没有什么用了，我们家又不养羊，也不方便，你退给我九十块就行了。他还说，我可能还得再买一只山羊，如果山羊的价格跟你这只山羊的价格差不多，那我还要多贴十块钱呢。你阿爸没再说什么，把九十块退给了达杰的阿爸，把山羊留下了。

我又问，后来呢？我母亲说，哎，后来，后来小山羊就不认它了，山羊每天跟在小山羊后面，小山羊都不理它，小山羊每天都跟在我的屁股后面，好像我就是它的阿妈一样。那时候我真的挺可怜那只山羊的，但是我也没有什么办法让小羊羔回到它的身边，哎，看来自己的孩子还得自己带才亲啊。

我没再说什么。我母亲接着又说，那山羊之后就没产过羊羔了。

我和母亲赶到家门口时，听到了孩子声嘶力竭的啼哭声。我刚进门妻子就喊，你俩怎么去了那么长时间啊，孩子都哭得不行了！我妻子把孩子放到我手里，拿过我手里的奶粉去厨房冲奶粉了。我母亲也跟着进去了。面对这个哭个不停的婴儿，我一时竟不知道该怎么办了。这个婴儿整个就那么小小的一块，脸上的五官都挤在一起，浑身都在乱动，看上去像个怪物一样。我真的不知道该怎么办了。幸好我妻子和我母亲很快从厨房里出来了。我妻子从我手里抱过孩子，先把奶嘴放进自己嘴里试了试，然后放进了孩子的嘴里。孩子马上就不哭了，使劲地咂着奶。我母亲看着孩子的样子说，这日本进口的奶粉可能就是不一样。

晚上吃饭时，我妻子又提起了母乳喂养的事。她说，这母乳喂养肯定跟羊奶、牛奶或奶粉喂养不一样，我们必须得想办法让孩子吃上母乳。

第二天，我们就去了医院妇产科。我们挂了个专家号，那个专家说，当然是母乳喂养对孩子最好，但是每个妈妈的体质不同，这也没办法，如果实在没有奶水，就只能用牛奶或者奶粉代替了。专家还介绍了一些催奶的办法。

从医院出来后，我妻子很生气，说，这个专家什么也不懂，她说的那些我也知道，这个专家号算是白挂了。我母亲也说，那个医生说的那些催奶的办法，有些我也知道。

接下来，我们就试了各种催奶的办法。我们先熬猪蹄给产妇喝，但是试了几天，没有任何作用。之后我们又试了熬鸡肉汤、牦牛骨头汤给产妇喝，也没有什么作用。反而，我妻子的体重增加了好几斤。我有点担心地说，这样下去你会变成个胖子的。她说，只要孩子能吃上母乳，我不怕变成个胖子，让孩子吃母乳太重要了。前面试的都是民间的土办法，都没有明显的效果。之后，我们又按医生说的让孩子自己吸妈妈的奶头催乳。但这也没有用，孩子发现没有奶水就不吸了。最后，用了医生开的催乳器，也没有起到什么作用。

我眼看着我妻子的神思有点恍惚了，而且脸色也显得蜡黄一片。我不知道该怎么办，感到从未有过的焦虑。

我母亲看着我和我妻子的样子说，看你俩愁成这个样子，我也很发愁，要不咱们就找只山羊或者奶牛算了，很多孩子都是吃羊奶或者牛奶长大的，长大了身体其实也挺结实的。

我妻子马上说，这个可不一样，吃人奶长大的孩子和吃羊奶、牛奶或奶粉长大的孩子长大了体质完全不一样，这怎么可能一样呢？咱们一定得让孩子吃上人奶。

这时，我母亲对我说，达杰的老婆也是上个月刚刚生了孩子，她那个奶水多得呀，孩子吃不完，奶子又胀又痛，就只好挤出来倒掉了。

我母亲的话一下子引起了我妻子的注意，问我母亲，达杰是谁啊？

我母亲犹豫了一下，看了看我，小心地说，达杰是江洋的小学同学，小学毕业之后没再继续读书。

我瞪了一眼我母亲，示意她不要再继续说。我母亲也注意到了我的提示，赶紧说，其实孩子吃人奶长大，身体也不一定就很结实啊。

我妻子说，肯定是吃人奶长大的孩子身体好。

我母亲看着我说，你是一直吃我的奶水长大的，一直到四五岁能正常吃饭了还在吃我的奶水，但是即便这样，你的身体也没见得比别的孩子好多少，小时候还经常感冒咳嗽个没完。

我说，是，是，我从小身体就不太好。

我妻子马上说，不管怎么说，羊奶、牛奶、各种进口奶粉都比不上人奶好，这是肯定的，人奶的营养价值是最好、最全面的。再说这个孩子出生时才五斤二两，先天发育就不好，后天营养再跟不上，以后身体会很差的。

我母亲看了我一眼，没再说什么。

我妻子对我说，既然你同学的老婆奶水那么足，那刚好啊，咱们可以带着孩子去村子里住下，只要孩子能吃上人奶，我干什么也是愿意的。

我说，这个合适吗？再想想吧。

我妻子说，这有什么不合适的，不用再想了，到时咱们可以适当地给你同学的老婆一点钱补贴一下家用，这样对他们、对咱们都很好，不是吗？

我母亲也不管我了，说，这样好，这样好，在城里我实在是待不惯，把孩子带到村里对我也好，既不耽误看孩子，也不耽误干家务活。

我妻子说，就这样定了吧，明天咱们就去村

里住。

我说，我还要正常上班呢，我们单位肯定不会给我准假的。

我妻子说，你可以上你的班，你把我们送到村里就可以，我有产假，有的是时间看孩子，到周末了你来看我们就行了。

还没等我说话，我妻子把孩子放到我手里，说，你现在看一会孩子吧，我实在是太困了，我先去眯一会。

说完，她就进了我俩的卧室，关上了门。没过一会，就传来了她轻轻的鼾声。

我母亲看着我，说，这段时间她太累了，操心孩子奶水的事情操心死了。

这时，孩子在我怀里哭了起来，又是那种声嘶力竭的哭。

我母亲从我手里接过孩子，说，你快去冲个日本进口的奶粉吧，孩子饿了。

我拿着奶瓶回来时，孩子还在声嘶力竭地哭。

我把奶嘴放到了孩子的嘴里。孩子一边吸奶嘴，一边还在哭着。

我看着孩子，打了个哈欠说，这孩子怎么这么爱哭啊，给他奶粉喝他还哭个不停。

我母亲从我手里拿过奶瓶，说，你以为养个孩子就那么容易啊！我看你也是累了，你也去睡一会，休息一下吧。

我也确实很困,就进去卧室,在我妻子身边躺下了。

这时,我听到我母亲轻轻哼唱起了那首我也很熟悉的催眠曲:

宝宝快快睡着不要哭
睡着给你天上的星星
宝宝快快睡着不要哭
睡着给你地上的花朵
宝宝快快睡着不要哭
睡着给你海底的宝石
……

你的生活里有没有背景音乐

那天下午，我把自己稍稍收拾、打扮了一下，去见一个人。

我们早上约好下午一点在不见不散咖啡店见面。那个地方我们都比较熟，也比较安静。那里适合聊一些私密的事情，但地方比较偏，一般司机不容易找到。我打车到某地铁站的B口，然后再慢悠悠地走了过去。我不太着急，离我们约好的时间还有一个多小时。那天的太阳不错，走在路上身上暖洋洋的。我在路上只碰到了一个穿黑西装的男人。他手里拿着一杯咖啡，像是被谁追赶着似的，急匆匆地往和我相反的方向走。我们擦肩而过时，那个男人随意看了我一眼。我想他是在赶地铁。也许不是，我又想。我们总是喜欢瞎猜一些事情，但是我们猜不到的事情又太多了。这个世界太复杂了。

到咖啡店时，我约的人还没有到。我找了个比较隐蔽的位子，刚把外套脱下来，服务员就朝我走来了，问我："先生，请问您几位？"

我说："两位，另一位等会到。"

服务员说："好的，请问您喝点什么？"

我说："先来一杯黑咖啡。"

服务员说了声"好的，您稍等"，转身离开。

我看了看时间，刚好是下午一点。屋子里全是咖啡的味道，让人有点兴奋。这家的咖啡据说是用澳洲袋鼠的屎做的，但是很好喝。刚开始知道这个的时候，我还有点不适应，好几天都没喝咖啡。后来，见大家都在喝，我就又开始喝了，习惯之后感觉更好喝了。一年前，有人送过我一盒包装精美的猫屎咖啡，我也一直没有喝。咖啡店里放着一首懒洋洋的轻音乐，是很容易让人睡着的那种。这音乐听着有点熟悉，肯定是在哪里听过，但又想不起具体在哪里听过。也许是上一次在这里吧，我想。

咖啡上得很快，也许是没有多少客人的缘故吧。我喝完了黑咖啡，她还是没有出现。我给她打电话，也一直是占线打不通。我今天下午必须要见到她，要跟她说清楚一些事情。我喊来服务员，又点了一杯黑咖啡。这次上得更快，服务员还给我加了水。我看了看手机，时间过去了一个小时，已经是下午两点了，但我等的人还是没有出现。我再次拨了她的号码，语音提示她不在服务区。我突然感觉尿憋得不行，上了趟洗手间。回来时，我刚才的座位对面坐着一个大概五十岁的女人。这个女人长相有点端庄，没有刻意地打扮自己，年龄的秘密比较清晰地写在她的脸上。

她趁着我打量她的时候问我："你是不是在等什么人？"

我看着她，犹豫了一下，说："是，我在等一个人。"

她问："你是在等一个女人吧？"

我有点意外，说："我是在等一个女人。"

她笑了笑，说："我看出来了，我一直在你对面的角落里。你点了一杯黑咖啡，喝完了她没有来，你又点了一杯黑咖啡，喝完了她还是没有来。从你来到这儿开始，你就显得很焦虑。"

我看着她，问："我们认识吗？"

她说："我们不认识。"

我说："哦。"

她笑了笑，说："我确实不该这么冒昧，虽然我认识你。对不起。"

她说这话我一点也不意外，因为很多人都认识我。但认识我的那些人，多数我都不认识他们。

女人说："真的对不起啊。"

我不好再说什么了，我以为接下来她会自己离开。

但是她却说："我猜你又要点一杯咖啡了。"

我冷冷地说："没有，再点今天晚上可能就要失眠了。"

她却说："我看过你的几部电影，都不错。"

我看着她，没有说话。

她继续说："我看过的你的电影有《洞》《乌鸦》《赤裸裸》《夜幕降临》《太阳升起来》……"

我打断她说："好了好了，不要再往下说了，看来你很了解我。"

她顿了顿，说："我只是喜欢你的电影，没有其他意思啊。"

我只好敷衍着说："谢谢你喜欢我的电影。"

她问："你觉得刚才一直重复放的那段音乐怎么

样？能配上你刚才的心情吗？"

我用奇怪的眼神看了看她，说："不好，一点也不好，我差点就睡着了，即便我喝了两杯黑咖啡，我也差点就睡着了。"

她说："我觉得这段音乐还挺好的，懒洋洋的，可能是跟我这个年龄的心态有关吧。"

我直接问："你现在是什么年龄，什么心态？"

她说："我现在五十三岁了，基本上可以放下曾经放不下的一切了。"

我不禁仔细地打量起她来。她衣着庄重，看上去确实像是一个经历了一些事情的过来人。打量完之后，我说："哈，我以为你只有四十几岁，还不到五十岁呢。"

她说："怎么会呢？我已经五十三岁了，我挺喜欢我现在的这个样子。我不喜欢把什么都藏起来，尤其不喜欢把自己的年龄藏起来。人在每个年龄段都应该有那个年龄段该有的样子，我现在的样子就是我在这个年龄段该有的样子。我曾经看过一个女演员的访谈，那个女演员四十多岁了，她说她不喜欢通过化妆、美容、整容等方式把脸上的皱纹给去掉，她说那是岁月的纹理，是岁月给她的最好的馈赠，她说她用了几十年的时间才让那些皱纹长到了自己的额头上，她说对她来说那些皱纹太宝贵了。我很喜欢那个演员，我觉得那个演员很真诚！她演戏也很好。"

我问她："你说的这个演员是谁啊？我怎么不知

道啊?"

她笑着说:"你们这些导演,不关心那些真正演戏好的演员,你们只关心那些知名度高的明星,整天只想着怎么跟他们合作。"

我立即说:"你还是不了解我。我用演员当然不是这样,我用过的演员戏都很不错的,虽然他们中有一些后来也成了明星。一个真正的导演总是希望能够遇上一个真正的演员的,就像黑泽明遇上三船敏郎,他们互相成就对方,才拍出了那么多可以传世的杰作!可是,在现实里,遇到一个好演员是很难的。一旦一个好演员出现了,可能马上就变成明星了。"

她说:"我也不是那个意思,我就是随便说说,你千万不要当真啊,我其实不是很了解你们那个圈子。"

我心里想"那我就不明白你刚才说的是啥意思了",但嘴上又说:"你说的也有道理,电影圈里这样的现象确实很多。"

她又说:"我喜欢你拍的电影,喜欢里面演员的表演,喜欢摄影机运动的方式,也喜欢你电影里面的背景音乐,你们是叫配乐吧,用得很克制,又恰到好处。"

我又禁不住再次仔细地看着她,问:"你是搞什么的?你是搞电影研究的吗?"

她笑着说:"不是。"

我继续问:"那你在大学里教电影吗?"

她还是笑着说:"不是,真的不是。"

我接着问:"那你是个影迷吧?"

她说:"我喜欢电影,但也算不上什么影迷,我真正喜欢的导演也就那么几个。"

说完,她继续笑着看看我,意思好像在说:"你肯定是猜不出我是做什么的。"

我想了想,突然说:"我知道了,你应该是搞音乐的,而且可能还搞过电影音乐。"

她说:"不是不是,你猜得更加离谱了,我不是搞音乐的,我甚至连简谱也不会。"

我有点沮丧地说:"我猜不出来了,你就直接告诉我你是干什么的吧?"

她说:"我就是个普普通通的人,平时喜欢看电影,我看了你的第一部电影之后就喜欢上你的电影了,我看过你几乎所有的电影。"

我对她的兴趣又一下子淡下去了,没有说话。我再次希望她尽快从我身边离开。不然,我就得找个借口把她给撵走了。

她又主动说:"你等的人很可能不来了,真的,我还是请你喝一杯咖啡吧,怎么样?"

我说:"我已经喝了两杯咖啡了,不能再喝了。"

她说:"其实没事的,我也每天喝好几杯咖啡呢,习惯了就完全没有事,没有别人说的半夜睡不着的事情,那都是瞎扯,有时候我喝着咖啡就睡着了,哈哈哈。"

她的话把我也逗笑了,说:"哈哈,确实是那样,有时候我们拍片或者剪片时,手里拿着咖啡,喝着喝着就睡着了,咖啡好像完全不起作用了。"

她笑着说:"怎么样,我可以请你喝一杯咖啡吗?"

我也笑了,说:"好吧,一杯卡布奇诺吧,不能再喝黑咖啡了,喝多了心脏受不了,心脏特别难受时,我还要吃速效救心丸呢。"

她看了看我,说:"你才多大,至少比我小二十岁吧?喝一杯咖啡不至于那样吧?"

我仔细看了看她,说:"喝多了就会那样。"

她就说:"好,那我也要一杯卡布奇诺。"

之后,她叫来服务员。不是原来那个服务员,原来那个可能下班走了,我好像看到她换了衣服出去了。

点咖啡时,那个服务员一直在用奇怪的眼神看着我们俩,表情也很奇怪。

服务员的态度有点冷淡,嗓音有点嘶哑,像是感冒了,语气也很冷漠,点完就走了。

她看着服务员离开了,说:"也不知道现在的这些服务员是哪里找来的,像机器人服务员一样,对顾客一点也不热情,好像顾客欠着他们一个月工资似的。"

我笑了笑说:"不过这里的咖啡还可以,环境也算可以,比较安静。"

她说:"也就这点好,不然我也不会经常来。"

我问她:"你经常来这里?"

她说:"我经常来的,我在这里看到你好多次了。也许你现在正在等的人我也见到过呢。"

我说:"你应该没有见过,你肯定没有见过。我到这里基本上是谈工作,我等的那个人她很少来这里,也就来过两回,但是她知道这个地方。"

她笑着说:"也许那两回我恰巧就见到了呢。"

我没有回答她,突然想起什么似的,拨了我等的人的电话,但是对方的语音提示还是"您所呼叫的用户不在服务区,请您稍后再联系"。

她说:"她可能不来了,真的,我有种预感。"

我说:"没事,我已经等了她两个小时了,既然来了就再等等吧。今天我有很重要的事要跟她说。"

她说:"我看出来了,今天你穿了西装,还打了领带,我记得你平常是不穿西装、不打领带的。"

我看着她,没有说话。

她又笑了,说:"我理解,我理解,有重要的事情就要庄重一点。现在的很多年轻人太随意了。"

我一下想到什么似的说:"哎,你是不是知道我在等什么人啊?我等的人你是不是早就认识啊?"

她马上说:"不要瞎猜,不要瞎猜,我真的不知道你在等什么人。"

咖啡到了,我们就开始喝咖啡。

我说:"嗯,这家的卡布奇诺也不错。"

她却说:"音乐还是刚才的音乐,没有换。"

我说:"你就不要提这音乐了,今天的这个音乐太差了。"

她笑着说:"这就是他们专门给今天来他们家消费的顾客配好的背景音乐,是提前选好了的。"

我也笑了笑,说:"那他们也配得太差了,我记得以前还好点。"

她不笑了,说:"就不说这个了。如果你给自己刚刚等待某个人的那种状态配乐,你会配哪部电影的音乐?你不是也喜欢给自己的电影配乐吗?"

我不笑了,说:"我其实挺反感在电影中使用配乐的,尤其那种乱用配乐的电影,我很反感那些情绪上不去就乱用音乐烘情绪的电影,那种电影和音乐真的是太廉价了。"

她说:"我就知道你用音乐的品位很好。"

我还是经不住别人的夸,心里有点高兴,但又说:"真的,我很反感在电影中乱用音乐。我认为好的电影是不需要音乐的,电影中的人物本身所蕴含的情绪的力量就足以打动人,用那些不伦不类的音乐对电影本身和故事本身就是一种很大的损伤。你看看那些伟大的文学作品,哪有什么乱七八糟的音乐来煽情、渲染、烘托,但往往能强烈地感染你、打动你……"

说到这儿,我有点激动,不由得停了下来。

我意识到我刚刚偷换概念了,就按捺住情绪说:"我觉得在电影中适当地用一些配乐还是很好的,但是要用得恰如其分，要让配乐成为整个电影的一部分。"

我停顿了一下，看着她，继续说："当然电影中的音乐得用得节制，但是能那样用音乐的导演很少，少得可怜，太少了！"

她又拐到了前面的话题上，看着我，说："那比如现在的你，给处在这种等待的状态中的自己会用什么样的音乐？"

我笑了，说："哈哈哈，我还从来没有想过给现实生活中的自己用什么样的配乐。你会给你的生活用配乐吗？"

她说："刚刚我在那边的角落里观察你的时候，你的状态就很配咖啡店里反复放的那段音乐。"

我笑了，说："有意思，有意思，我正在进行中的生活还有适合的配乐，真是有意思！"

她说："我在那边看你的时候，就像在看一个电影的画面。一般这种时候没有什么具体的情节，就是电影中的某个主要人物的情绪和状态，一般也会配上合适的音乐，借着配乐你就能一下子进入到那个人的状态。"

我说："哈哈，有意思，有意思。"

她又说："还是前面的问题，如果为你刚才那种等待某个人的状态配个背景音乐，你会选哪个电影中的配乐？"

我笑了，说："你这个想法太荒诞了，我从来没有给自己的生活配过音乐，更没想过用电影中的音乐。"

她笑着说："我只是说如果。"

我说："哈哈，那你觉得哪个电影的配乐适合我刚才的状态？"

她早已想好了似的说："我觉得王家卫的电影《2046》里面的某段配乐挺适合的。"

我忍不住笑了起来，说："不合适，肯定不合适，墨镜王的电影《2046》里面的音乐我太熟悉了，用在这样的时刻肯定会很滑稽的。"

她说："怎么不合适？梅林茂真是音乐天才，他为《2046》创作的那些音乐都太好了。"

我问："你还知道梅林茂？"

她说："当然知道，梅林茂1951年2月19日生于日本福冈，王家卫很多电影的音乐都是他配的，他也为张艺谋的电影《十面埋伏》和《满城尽带黄金甲》配过音乐。"

我有点吃惊地看着她，她却随手拿出手机弄了弄，手机里就响起了一段旋律，我一听就是《2046》里面的某段配乐。

她说："我说的就是这段，我觉得这段音乐就适合你刚才的状态。"

我结合自己当时的心情和状态听了听，还真有那么一点意思。音乐结束之后，我笑了，说："你别说，还真有那么一点意思，至少比咖啡店里放的这个音乐好!"

她说:"同一段音乐用到不同的情景之中,就会起到不同的作用,有时候甚至会起到反作用。比如把一段很欢快的音乐用到一个很伤感的情景当中,那种伤感的意味会放大——"

我打断她说:"你说实话,你是不是专门研究过电影音乐啊?"

她说:"没有,绝对没有,我发誓!我只是单纯地喜欢电影,电影看得多了,也就注意起电影里面的配乐了,平常还想象着拿电影里的音乐给自己和别人生活中的不同片段配乐呢。"

我对她又有了很大的兴趣,觉得自己今天遇到了一个很有意思的人。

我问她:"那你觉得人们的现实生活里有背景音乐吗?"

她笑了笑,说:"刚才你说得对,一般正在进行中的生活哪能有什么配乐啊?一般生活节奏慢下来的时候,你才会找一些合适的音乐来放,那就像是电影中的配乐。这样的时候你找到的音乐能让你更加放松,或者能调节你的情绪,这也算是人们给自己的生活找的背景音乐吧。"

她看着我,我让她继续说。

她说:"人的生活中也有固定的配乐,比如哀乐,总是那么个旋律,听了让人伤感。也有一些比较快乐的配乐,比如生日快乐歌,大致都一样,点上蜡烛,然后唱'happy birthday to you',气氛就会活跃起来;比如婚庆的音乐,音乐一响起来,那种喜庆的气氛就自然地出来了。还有一些很庄重的配乐,比如每个国家的国歌,看亚运会、奥运会的电视转播,当某个国家的选手拿了金牌,国旗升起来,国歌响起来,再加上运动员或严肃或激动的表情,就会把你带进一种很庄重的氛围,就像你在现场一样……"

她突然停下来,看了看我的反应,问我:"你说是不是?"

我赶紧点头,说:"是是,你说得有道理,有意思。"

她接着说:"我看了一些电影,遇到自己喜欢的,里面的配乐又好的,就把配乐找来反复地听,这样我熟悉的配乐就越来越多了。"

她停下来看着我,说:"我说这些,你不会烦我吧?"

我赶紧说:"不会不会,继续说。"

她继续说:"遇到自己特别喜欢的电影配乐,我还会主动去了解作曲家的情况。"

我问:"比如呢?"

她说:"比如日本的梅林茂,他的情况我知道的比较多——他太厉害了!我可能对日本的作曲家有一种天生的偏爱吧,除了他,日本的作曲家我还喜欢久石让,中国导演里面,可能姜文跟他合作过吧,就那个电影,叫什么太阳来着?"

我马上说:"《太阳照常升起》。"

她说:"就是那部,跟海明威的一部长篇小说的名字一样,说实话我没太看懂那部电影,但很多人说很好。还有那部《让子弹飞》也是久石让写的曲子,那里面的配乐写得很有激情,太厉害了。"

我说:"你知道的还真不少!"

她说:"久石让的音乐我是真喜欢!他是1950年出生的,原名藤泽守,久石让这个名字来源于他的偶像——美国黑人音乐家Quincy Jones。他把Quincy Jones这个名字改成日语发音,再联系上近似的姓名,就变成了'久石让'。他跟日本动画导演宫崎骏合作过很多次,宫崎骏的很多电影配乐是他写的。宫崎骏的电影里面我最喜爱《千与千寻》,里面的配乐也很好,我真是太喜欢了。除了宫崎骏,他还给日本导演北野武的电影配过乐,北野武的《菊次郎的夏天》我也太喜欢了,不过北野武这个人有点怪怪的,我不太喜欢。"

看着她滔滔不绝地说,我很吃惊,就问:"这么多信息你是怎么知道的?"

她说:"兴趣,就是兴趣。不是说兴趣是最好的老师吗?对一个电影感兴趣了,对那个电影里面的音乐感兴趣了,我就想方设法地找各种资料了解有关的信息,慢慢地就全知道了,也能加深对电影的理解。"

我说:"你还真厉害!"

她有点兴奋,继续说:"对了,日本的那个坂本龙一我也很喜欢,他给贝托鲁奇的《末代皇帝》写过音乐,我是在中国电影资料馆看了修复版的《末代皇帝》才知道他的,之前不知道他。他的长相我也很喜欢,那头白发很酷,年轻时长得很英俊,应该有不少女孩子喜欢他吧。不过他的婚姻好像不太美满,后来还离过婚,不知道有没有再结婚。婚姻真是件让人痛苦的事情。我不知道人为什么要结婚,一个人生活多好啊!但爱情还是很美好的事情!记得80年代那会儿看日本电影《追捕》的时候,当高仓健和真由美骑着马在原野上狂奔、主题曲《杜丘之歌》响起来的时候,真的是让人热血沸腾啊!啦呀啦啊啦呀啦,啦呀啦啊啦呀啦,那个旋律真是太好听了,尤其配上那个感人的画面!后来听说高仓健去世了,我心里老是接受不了,他演《追捕》的那个形象永远地留在了我的心里。前两年吴宇森拍的那个《追捕》我还专门去看了,但是喜欢不起来——"

我打断她说:"看来你很喜欢日本电影啊!"

她笑了笑,说:"不知道,就是喜欢看,如果不是喜欢看日本电影,我肯定也不会知道那么多日本作曲家的。咱们还是聊回坂本龙一吧,坂本龙一是1952年1月17日生于日本东京的,他不仅是作曲家,还是个钢琴演奏家,他年轻时还演过大岛渚的电影《圣诞快乐,劳伦斯先生》,演了一个日本军官,演得还挺好的。我是看了那个电影才觉得他长得很英俊的。去年还在网上专门看了拍他的纪录片《坂本龙一：终曲》,那部纪录片拍得太好了,拍坂本龙一患了癌症之后的生活。通过那个纪录片,我对他了解更多了,包括对他的作品,对他的创作理念,我太喜欢这个人了。他经历了很多的事情,但那些经历让他对生活、对生命、对人生有了更深刻的认识。这些从他的音乐里面感受得到。他说的一句话,我很有感触,但是我现在记不起来了……"

我有点烦她这种故弄玄虚的样子,就打断她,轻描淡写地说:"这些我也知道,那个纪录片我也看过,真的很好!现在说说你自己吧,你的生活里平常有没有背景音乐?"

她好像也意识到自己说多了,就说:"除非一些特定的场合和时间,除非别人提前给你配好了,我是不会给自己的生活配背景音乐的。正在进行中的生活,你怎么给它配背景音乐啊?我想也不会有那样的人吧,但可能也有那样的人,这世上什么样的人都有。如果真有那样的人,那也太荒诞、太奇怪了吧,可能那样的人脑子也不会太正常吧?我也不知道。"

这时,我又突然觉得她可能就是个大学老师,教大学生选修课,比如"古今中外经典电影作品赏析""古今中外经典电影音乐赏析"什么的。之前还没拍电影的时候,由于生活所迫,我也去一些大学带过这类的课。一般也就泛泛而谈,讲得很空洞、很夸张,但大学生们很喜欢。

她继续说:"但是,我在回忆自己过去的人生时,就会不自觉地带上一些背景音乐。一些看过的电影中熟悉的音乐旋律就会自然地跳出来,有时候我会换上不同的音乐,回忆的感觉就会不一样。可能是因为所有的回忆都具有主观色彩吧。"

我对她又有了兴趣,说:"这个有意思。"

她说:"有意思吧?"

我说:"有意思,确实有意思。"

她说:"是,是很有意思,每当这时候,我觉得就像一个人在电影院里看一部能让你产生共情的电影一样,那时候,整个电影的剧情和背景音乐是完全融在一起的,回忆自己的人生就是这种感觉……"

说到这儿,她突然停下了。

我觉得她说的还有些意思,很想听下去,就说:"你能不能结合你的某一段人生具体地讲一下,比如经历了什么事情,当时是什么样的心情,什么样的情景,等等,然后再说说你当时想到了哪部电影中的背景音乐,还有为什么……"

这时,我注意到她看着咖啡店的门口出神。

随后,似乎从我后脑勺的方向,我听到了开门和关门的声音。

她突然笑了,说:"你等的人来了,你们好好聊聊吧,咱们以后有机会再聊。"

说完,她起身离开了。

我感觉我等的那个人从后面向我走近了。

我赶紧朝服务员喊:"两杯黑咖啡。"

猜猜我在想什么

洛藏回来了。

洛藏消失了九十九天之后终于回来了。

洛藏回来时还带了一个看上去很文弱、戴着个近视眼镜的大学生。洛藏说这个大学生是他的私人秘书。

洛藏是个高大威猛的男人，三十七岁，属虎。今年是洛藏的本命年。洛藏平时喜欢说："我一个属虎的我怕谁！"洛藏其实就上过五年小学，很多人都想不明白洛藏的胆子为什么那么大。

中午十二点，我和洛藏在他家的院子里喝起四十八度的青稞酒来。近视眼大学生站在旁边给我俩倒酒。洛藏家的院子里现在空荡荡的，几乎什么也没有。四十八度青稞酒的酒香飘满了整个院子。我俩的中间连个桌子也没有，我俩的屁股底下连个凳子、毡子也没有。我俩就那样坐在地上喝酒。

洛藏说："家徒四壁是不是就是这种感觉啊？"

我说："你回来就好。"

洛藏说："他妈的，已经好久没有这样放松地喝酒了。"

我说："今天就好好放松一下。"

近视眼大学生说："洛总，您最近太忙了，这趟回了老家就好好放松一下。"

洛藏回来的时候开了一辆丰田霸道车，拉来了几扇羊肉。洛藏的阿妈在厨房里忙活了半天，煮了一锅羊肉给我俩吃。她把煮好的羊肉连锅一起端过来，放在我俩中间的地上,说:"家里就剩下这口锅了,要不然连羊肉也煮不上了!"

洛藏问他阿妈:"他们怎么没有把锅也一起端走啊?"

洛藏的阿妈说:"我怎么知道啊,可能是觉得我这个老太婆太可怜了吧。"

洛藏说:"他妈的,他们应该把锅也一起端走啊!"

洛藏的阿妈叹了一口气,说:"你俩一边吃肉一边喝酒,我出去转一转再回来。"

洛藏的阿妈今年七十岁,头发有点花白,背有点佝偻,腿脚有点不听使唤。

我对洛藏说:"你要是再不回来,你阿妈可能就撑不下去了。"

洛藏看着阿妈的背影,说:"村里的这些狗东西,欺负我阿妈这样一个七十岁的老婆子,真不是人!"

我说:"说实话,这次你也有很大的问题,你不能收了村里所有人家的虫草,然后就失踪了。"

洛藏笑了笑,说:"说实话,这次我差点就失踪回不来了!"

我说:"村里都有好几个人说你已经死了!这些该死的,什么话都说得出口!不过你现在回来了就好!"

洛藏说:"这两年虫草生意不好做啊,要不是我有点经验,这次可能连命也丢掉了!本命年真的不能做生意!"

我说:"你现在回来了就好,你要是再不回来,你阿妈可能就真的撑不下去了。你失踪的九十九天里,我眼看着你阿妈一天比一天苍老了。"

洛藏的阿妈一瘸一拐、慢吞吞地走出了院子。

洛藏看着我,叹了口气,说:"谢谢你这段时间照顾我阿妈,帮我顶着!"

我看着洛藏,也叹了一口气,说:"总之,你回来了就好。你要是再不回来,我可能也撑不下去了……"

洛藏看着我,想了想,拿起一杯酒说:"兄弟,难为你了,来,我敬你一杯!"

我也拿起酒杯,跟他碰了一下,然后一口干掉了杯子里的酒。

洛藏的眼睛有点红了,像发情的公牛的眼睛,有点可怕。

这时,一只公鸡莫名其妙地跑到了洛藏家的院子里。那只公鸡在院子中央来回走了几步,然后停下来看着我俩,突然"咕咕""咕咕"地叫了两声。洛藏看了一眼腕上的手表,看着公鸡,莫名其妙地骂道:"他妈的,都下午一点了还乱叫,再叫晚上杀了你熬汤喝!"

公鸡不叫了,一颠一颠地跑出了院子。

我有点害怕地看洛藏的脸。洛藏看了看我,说:"真的,再叫我就杀了它,这样乱叫是不好的征兆!"

近视眼大学生又往我俩的杯子里倒满了青稞酒。

四十八度青稞酒的清香继续在洛藏家那空空荡荡的院子里飘散着。

　　我俩正在吃肉喝酒时，村里老老少少很多人带着很多东西陆陆续续、三三两两地从洛藏家那宽敞的大门进到了院子里。洛藏家的院子一下子不再空空荡荡了。这些人手里什么东西都有，锅碗瓢盆、被子、褥子、羊毛毡、牛毛毡、凳子、椅子、桌子——什么东西都有，有人还牵着牛和羊进来了。洛藏家的院子里一下子变得拥挤了，充满各种嘈杂的声音。人们把之前拿走的又拿回来了。人们拿回来的就是洛藏家的全部家当，除了那口锅。

　　洛藏不跟大伙打招呼，只是冷冷地看着他们。

　　大伙显得很不好意思，把东西放在地上，随便在角落里找个地方坐下来，看着我俩喝酒。

　　洛藏的母亲有点激动，清点着人们送回来的各种东西，仔细地看送回来的东西有没有被弄坏的地方。洛藏的阿妈对家里的东西了如指掌。

　　洛藏说："阿妈，你好好看，仔细看看这些家伙有没有把咱家的东西弄坏了！"

　　洛藏的阿妈说："我就是担心他们把咱家的东西给弄坏了。"

　　洛藏看着阿妈，说："阿妈，你仔细看，要是有什么东西被弄坏了，他们要赔偿！"

　　人群中有几个人点头哈腰地说："当然当然，要是有什么东西被弄坏了,当然要赔偿的。"

洛藏不拿正眼看他们,说:"你们趁我不在家里,像强盗一样搬空我家,我不把你们告到法院算便宜了你们。法院院长上次跟我喝酒时,说有什么事情可以随时找他。"

洛藏的大学生秘书从近视眼镜的镜片后面看着洛藏,说:"洛总,他们这些人就应该告到法院里,让他们也尝尝法律的滋味。"

洛藏挥了挥手,说:"算了,都是一个村子的,这次就算了。下次再有这样的事,我一定要找法院院长说一说。"

那几个人一个劲地点头哈腰,表示感谢。

近视眼大学生给我俩倒满了酒,我俩又碰了一杯。

酒喝到肚子里之后,我忍不住说:"这青稞酒真的很好喝啊,越喝越好喝!"

洛藏乜斜着眼睛看了看我,提高嗓门故意让那些人听见:"这酒当然是越喝越好喝!你知道这一瓶青稞酒多少钱吗?"

我想这一瓶青稞酒肯定有点贵,就脱口说:"199。"

洛藏说:"再猜。"

我想了想之后又说:"299。"

洛藏说:"继续猜。"

我使劲想了想,说:"399。"

周围的几个人已经瞪大了眼睛,看着我,显出了惊讶的神情。

洛藏说:"继续猜,继续猜。"

我感觉到有点头疼了,就说:"不猜了,不猜了。猜不着。"

旁边一个年龄稍大的说:"还有比399更贵的酒?以前生活困难时,一年决算下来,我们一家人的收入都没有399块呢!"

洛藏笑了,说:"这青稞酒哪有那么便宜,看来你再怎么猜也猜不着了,这青稞酒是咱们省上接待外国嘉宾用的酒。"

我说:"那最少也得五百多吧?"

洛藏笑了笑,让近视眼大学生拿出手机扫青稞酒瓶上的二维码。近视眼大学生看着我笑了笑,然后拿出手机扫码。之后,他把手机拿到我面前让我看。

近视眼大学生手机屏幕上显示的是一瓶跟我俩正在喝的一模一样的青稞酒,下面有一行字:建议零售价998元。

我惊讶地说:"998,不会吧?一瓶酒就998,不会吧?!"

近视眼大学生说:"这酒值这个价!这酒是纯青稞酿造,在地窖里放了十五年才拿出来的。"

旁边一个年轻的村民看着酒瓶子,惊讶地说:"998,差两块就是一千块啊!"

这时,洛藏才说:"喝酒就得喝好酒,那些一般的酒喝了对身体不好。"

那个年轻村民感叹着说:"看来洛藏这回是真的发达了。"

我也有点出乎意料,说:"呀呀,这一瓶青稞酒都快顶上我那上大学的儿子一个月的生活费了,就差两块钱啊。"

洛藏笑着说:"喝吧,随便喝,不要管它多少钱！你是我最好的兄弟,这几天咱俩天天喝这种省上接待外国嘉宾用的酒,我带了整整两箱呢,随便喝！"

这时,洛藏的阿妈也凑过来说:"这酒这么贵,我也要尝一口。"

洛藏亲自倒上一杯酒,站起来递给阿妈,笑着说:"好好,阿妈,你也尝尝。"

阿妈从儿子手里接过酒杯,犹豫了一下,问:"那这一杯酒有多少钱啊？"

洛藏想了想说:"这一瓶青稞酒大概有二十杯,这样算下来,一杯酒大概就是五十块钱。"

洛藏的阿妈说:"啊,这么贵啊？"

洛藏说:"阿妈,你不要考虑这酒贵不贵了,赶紧尝尝这酒好不好喝。"

洛藏的阿妈把杯子里的酒喝进嘴里,在舌头底下含了一会,才慢慢地咽了下去。

洛藏在旁边问:"怎么样,阿妈,这青稞酒好喝吗？"

洛藏的阿妈说:"好喝,真好喝,这是我这辈子喝过的最好的青稞酒。"

旁边的人们看着洛藏的阿妈,眼神复杂。

洛藏看着阿妈,问:"阿妈,你要不要再尝一口啊?"

洛藏的阿妈赶紧说:"不了不了,这么贵的酒,再喝我就醉了。你俩吃肉,吃肉,一边吃肉一边喝酒。"

现在是下午一点,我和洛藏已经喝掉了两瓶998的青稞酒。我看着地上的两个空瓶子,说:"咱俩一个小时就喝掉了我儿子两个月的生活费啊!"

洛藏笑着说:"你是我的拜把兄弟,你的儿子就等于我的儿子,以后你儿子的生活费我来出,今天咱俩好好喝酒,不想其他事情!"

我感动得不知该说什么,赶紧打开一瓶新的青稞酒,看着洛藏,说:"好,好,好好喝酒,好好喝酒。"

洛藏说:"好好喝酒。"

我和洛藏喝了一杯青稞酒之后,洛藏说:"上个月,咱们县的县长、副县长请我吃饭,我看他们喝的也就是698一瓶的青稞酒,后来我给县长、副县长每人送了一箱这种998一瓶的青稞酒,前两天他俩见我,还说我送的酒很好喝呢。"

大伙在用羡慕的目光看着洛藏和我。

洛藏让近视眼大学生秘书倒了一杯之后,看着大伙，说：“你们就是喝那种一瓶十几块、二十几块钱青稞酒的命，这种青稞酒你们可能下辈子也喝不到了！”

大伙脸上的表情像是刚刚被班主任教训过的小学生一样。

我俩继续喝酒。喝完那一瓶青稞酒之后，洛藏的脸和脖子一片通红。洛藏喝得比我快，他的酒量也比我大。

洛藏把瓶子扔到一边，问我：“还喝不喝？”

我说：“不喝了，不喝了，这酒劲太大了！”

洛藏说：“想喝就继续喝啊，车里还有两箱呢。”

我说：“不喝了，真的喝不动了。”

洛藏拍了拍我的肩膀，说：“那就改天喝吧，你是我真正的好兄弟。”

这时，我看到大伙用更加羡慕的目光看着我们俩。

洛藏也注意到了他们的表情，说：“你们这些人就是想喝我也不给你们喝！”

大伙还是用同样的目光看着我们俩。

洛藏看着在院子里站着的那些人，说：“你们猜猜我现在在想什么？谁要是猜到了，我就让谁喝这种一瓶998的青稞酒。”

大伙表情木然地看着洛藏，几个人互相看了看，摇了摇头。

洛藏笑了，大声说：“我就知道你们猜不出来！”

洛藏试着要站起来，近视眼大学生赶紧把他给扶起来了。

洛藏站稳了,一把把我也拉起来,说:"走,咱俩先出去撒个尿,撒完尿回来再继续聊。"

洛藏和我摇摇晃晃地走到门口那块地里撒尿。撒尿时,我看到了他穿的红裤头。我忍不住笑出声来,说:"你还穿个红裤头?"

洛藏严肃地说:"这是我城里女人专门买来让我穿的,她说本命年一定要穿个红裤头辟邪。"

我笑着说:"哈哈哈,还有这个说法?"

洛藏说:"兄弟,这个可不能不信啊!你看我以前做虫草生意,哪里出过什么问题。今年是我的本命年,除了虫草生意差点赔了,我的命也差点搭上了!我一穿上这红裤头,运气又好转了!"

等我俩撒完尿,我笑嘻嘻地问他:"快说说,城里女人有啥不一样?"

洛藏神秘兮兮地说:"城里女人就是不一样,城里女人像水一样温柔。"

我问:"女人像水一样温柔是个什么样子?"

洛藏笑了,说:"这个不好说,以后有机会了让你也感受一下城里女人水一样的温柔,哈哈哈。"

我俩回到院子里时,刚才坐过的地方已经摆上了一张炕桌和两把小椅子,地上还铺上了白白的羊毛毡。

洛藏愣了一下,然后招呼我坐下,说:"坐,坐,这些都是我家的东西,坐,这样坐着舒服。"

大伙极其恭敬地看着洛藏。

洛藏这才像是记起了什么似的对近视眼大学生说:"你去把霸道后备厢里的行李箱拿过来。"

近视眼大学生出去,然后又拉着一个大大的行李箱回来了。行李箱很沉的样子,近视眼大学生用拉杆拉着都有点吃力。行李箱底部的小轮子"吱吱"地响个不停。我看见近视眼大学生的额头上渗出了细密的汗粒。

等他到了我俩跟前,洛藏对近视眼大学生说:"打开。"

行李箱上有密码锁,近视眼大学生用手挡住密码锁对密码。院子里的几十双眼睛在盯着那个行李箱。

行李箱被打开后,人们几乎同时发出了惊叹声。

行李箱里全是一扎一扎的一百块人民币。

洛藏看着大伙说:"现在把我当初拿你们的虫草欠下的钱给你们,我把利息也给你们,免得你们以后在我背后说三道四。"

人们的脸上堆满了笑,发出了各种声音。

洛藏说:"利息是一万块一千块,自己算好,不会算的互相帮一下,最后和我的大学生秘书对。"

大伙开始忙起来了,拿根棍子在地上算利息,像是村里的小学生在地上练习算术题。

洛藏又对近视眼大学生说:"你去车里拿一下我的公文包,里面有个笔记本,拿了谁谁多少虫草、欠了谁谁多少钱,我都记在上面了。"

近视眼大学生拿了一个公文包回来了,从里面拿出一个笔记本,说:"找到了。"

洛藏说:"公文包里有电子计算器,你也按我刚才说的,算算给每家每户该付多少利息。"

近视眼大学生搬过一把椅子坐下,开始对着笔记本上的数字算利息,电子计算器里发出了各种数字的读音。

洛藏突然问我:"去年咱们村的光头扎西杀了邻村的麻子多杰,最后赔了多少来着?"

我有点摸不着头脑地说:"你问这个干什么?"

洛藏说:"不干什么,就是问问。"

我说:"哦,赔了三十万,最后私了了,而且那还是过失杀人呢。"

洛藏说:"人的命真的不值钱啊,三十万就解决掉了。"

我的头有点晕,酒劲上来了。我想我的脸和脖子应该也跟洛藏一样通红一片。

洛藏盯着我的脸看了好一会,说:"你是我的拜把兄弟,你来猜猜我现在在想什么?"

我盯着他的眼睛看了一会,说:"我猜不出来。"

洛藏继续说:"你好好猜猜,你肯定能猜出来。"

我想了想,之后很肯定地说:"我真的猜不出来你现在在想什么。"

过了一会,洛藏像是变了一个人,眼中露出了凶光,说:"我现在很想杀一个人!"

我被洛藏眼里的凶光和说出的话吓了一大跳,看着他,问:"你说什么?"

他还是说:"我现在很想杀一个人。"

我还是一脸惊讶地看着他,说不出话来。

他从旁边一把拉过行李箱,指着里面的钱,说:"结掉我欠大伙的本钱和利息,应该还剩五十万。"

我看着他的脸,等他往下说。

他看着我,继续说:"五十万杀一个人应该够了吧?"

我一时不知道该说什么,最后才问他:"你想杀谁?"

洛藏看着院子里的那些人,用手指指了一圈,提高嗓门说:"不知道,没有具体的人,这些人当中随便杀一个就行。"

院子里一下子安静下来了。

我对洛藏说:"那你杀了我吧。"